⊙葛隽　周淑屏　著

快乐的

上海古籍出版社

作者

1 序

寻找你的快乐医师

　　已记不清是哪一位伟人曾说过这样的一句话："世上最好的医师是：节制医师、安静医师和快乐医师。"

　　可不是么？快乐确实是促进人健康的一股强大的力量，只要我们学会控制自己的心理，调节自己的情绪，我们每个人便都能享受"快乐医师"的免费服务。

　　也许有人会说："你说说容易，周围哪儿有东西值得我快乐的呀？买的楼是'负资产'，工作的压力又是那么大……"笔者提醒阁下，你有没有注意过自己拥有的可贵财富究竟有多少呢？

　　试问：你会为几十万的财富而出卖自己的眼睛、双手或双脚吗？你会为几百万的财富而出卖自己的孩子或家人吗？你把自己拥有的一切资产全部加起来，你会发现，李嘉诚也好，盖茨也好，即使把他们所有的财富都堆积起来，也买不走你拥有的一切。

然而，我们可曾为自己拥有的财富而向上苍感恩呢？多半是没有。正如叔本华所说的："我们很少想到自己所拥有的，却总是想到自己所没有的。"于是，我们就找不到"快乐医师"，自然无法得到她的"免费服务"。

当你读完这本书，当你开始感觉到有一点儿快乐的"滋味"时，恭喜你已经找到"快乐医师"的"倩影"和"芳踪"。

葛　隽

　　我们这些曾经被称为中产、优皮、雅痞、单身贵族，或者打工贵族的一群，在经济风暴中都一一沦陷了，面对现在的环境气氛，都有点郁郁闷闷。讲理想、梦想？都留待解决了目前的财政困难后再说吧！在这些日子里，我们难免都酝酿了对现实无望、无奈，或者逃避现实的心态。

　　我曾经很仔细地想过，在这段郁闷的时期里，该怎样好好度过呢？散漫地苦思了几天，我想到了一些点子，想和读者们分享这些清贫生活的快乐妙方。除了自己的"女版快乐的清贫生活"，也找来了葛隽先生，写"男版快乐的清贫生活"，希望在这短暂的紧日子、苦日子里，我们都可以共享心灵的富有生活、快乐的清贫生活吧！

周淑屏

目

录

第二部分

葛隽的快乐清贫生活 /59

目录

快乐的清贫生活

目录

快乐的清贫生活

第一部分

周淑屏的快乐清贫生活

我们并不都那么富，社会上还是穷人占大多数，穷人的故事、草根的故事才是我们的故事，里面有大家的血泪汗水，看了更有亲切感。

因此，我正在构思这些书：香港一百个乞丐、香港一百个露宿者、香港一百个街头艺人、香港五十种夕阳行业……

昨天下班时，遇上狂风暴雨，伞子吹断了，全身湿透了。我想，这样的天气里，只有自己驾车，由公司的停车场直达住家的停车场，或者有司机接送的人才会不沾上一点风雨吧！但在风雨中，我想既然全香港有90%的人也会遇上风雨，我就奋身去遇它一遇吧！纵使全身湿透，头发吹乱，但，这就是人生。

生活，与其无奈面对，坐困愁城，不如随遇而安，在逆境中发挥创意。

其实我们不一定需要有一间一千几百万的海景楼，我们只要有一个不需工作的星期天、身心都可以完全放下工作俗务的星期天，牵着爱人的手，或者拉着太太、孩子的手，或者搀扶家中长者，一齐到海边去，

快乐的 清贫生活

无论是钓鱼、游泳、或只是玩沙、看海、吃海鲜，这是全身心、全环境的投入，不再是隔着家里的玻璃，遥看空想，其实连一点海的气味也嗅不到。

　　在短暂的失落、清贫日子里也一样，将我们生活里的每一细节，用心而不是用钱经营，让我们合家人、朋友之力，把生活经营得细致一点、精致一点，也……更有人情味一点。

把生活经营得精致点

我常常向往退休生活,但我告诉你,我不是五、六十岁,距离这个年龄也还有长长的一段日子,只是,一想起退休生活,就会灵魂出窍,或者,直淌口水。

上个月,去澳门逛博物馆和吃啡色、黄色、白色小甜糕的时候,我想在圣地牙哥酒店旁的海边买幢小屋子,每天坐在露台的太阳伞下写作,游游逛逛,无无聊聊。当然,这对于我这个负资产的写作人来说,是奢想。

上星期,我到深圳华侨城的朋友家住了两天,她的家,可以远眺海景和锦绣中华、世界之窗、民俗文化村,还可以看到那边放烟花。在屋苑不远处,就有沃尔玛百货公司,什么都买得到,滑板车卖88元、牛仔裤56元、古典风扇吊灯249元,一切一切,如在梦中,看得我心花怒放。

逛公司逛累了,可以去做facial、足浴、按摩、浸温泉,享受一天,不用300元;然后到海边美食街吃四菜一汤,90元有找。

太向往了,于是我看看地产公司的售楼价格,一间1,000呎高层有海景的住宅,大概80至100万吧!这么休闲的生活,如果我有200万积蓄,我就会搬来这里,然后,三天两日休休闲闲地写点什么,赚点零用养老……

但是,这些设想对现在的我来说,是天方夜谭哩!怎样由

负资产 200 万变成有 200 万积蓄呢?我每个月的薪金全数,还得乖乖的双手奉送给银行呢!

我们这些曾经被称为中产、优皮、雅痞、单身贵族,或者打工贵族的一群,在风暴中都一一沦陷了,面对现在的环境气氛,都有点郁郁闷闷,讲理想、梦想?都留待解决了目前的财政困难再说吧!我这才分析到为什么这阵子老想着退休,大概这是对现实无望、无奈,或者逃避现实的心态吧!

我曾经很仔细地想过,在这段郁闷的时期,怎样好好度过呢?散漫地苦思了几天,我想到了这些点子——把生活过得精致、细致一点(即是把生活处理得 detail 一点),把生活里的小享受、心情的小开扬——放大、延长、好好享用。

譬如,从前我喜欢到法国餐厅吃大餐,然后品尝美味的疏乎厘,现在,没钱上大餐厅了,我们来尝试在家自己做些容易做的法国菜。譬如,我找几个朋友来我家,几个人落手落脚研究怎样做好疏乎厘;你也可以一家大小——和妻子、仔仔、囡囡一齐来做一个法式深紫色的洋葱汤。由一齐上市场,选用料,到挤在小厨房里烹调,到围坐小餐桌品尝成果,也许成品并不真的那么好味,但我们享受那全过程,和我们一齐快快乐乐的全过程投入。

从前,我们一掷千金风风光光地吃大餐,却吃得粗枝大叶,没细心数算菜有几道、味道怎么样,这一切,都在大声谈笑中略过了。现在,我们一口一口地细尝品味,全过程地欣赏投入。最可贵的,是在这全过程中,我们和朋友、家人的投入和分享。

从前,我们花几千元吃大餐,现在,我们花几十元全情投入，却品尝到更美的友情、亲情，那更浓烈的，是人情味。

　　在短暂的失落、清贫日子里也一样，将我们生活里的每一细节，用心而不是用钱经营，让我们合家人、朋友之力，把生活经营得细致一点、精致一点，也……更有人情味一点。

海景、闲心、闲情

在湾仔会展中心全天候观景窗前，看着无垠的海景，我记起了一些朋友告诉我的故事。

住海景楼，有一个180℃的环回观景大窗，是许多朋友的dream house，是梦想、是虚荣、也是身分的象征。住了进去，请一大班朋友来开个观海大会，什么中、小学朋友，甚至点头之交，也通通请来，仿佛是一个扬眉吐气的机会，有坐在云霄里的感觉。

但实情是不是这样呢？

有朋友为了买一层超于自己负担的海景楼，而必须日捱夜捱、抓紧每一个赚钱机会；某天累极回家，颓然坐在家中的沙发上，猛然发现那180℃海景落地窗的窗帘，竟然有两个月没拉开过了。因为每天回来都已是深夜，已经累得不能动弹，又怎会有闲心去拉开窗帘看海？

另一个买了海景屋的朋友，也是为生活营营役役，劳劳碌碌；某天，他拖着那个累得仿佛已不是自己的身躯回家，看见家里的菲佣半躺在沙发上，边嚼薯片边看海景，他蓦然惊觉，原来家里最多时间享受那无敌海景的，是这个幸福的菲佣。家人整天营役劳碌，难道只为了让这个菲佣好好享受生活？

又一个朋友，买了间可以在楼与楼之间看到一个缝隙海景的小楼，小楼房变成了负资产之后，他每次看见这一缝隙的

海景就眼冤、就后悔,不断在想:如果当时不是为了这小缝隙,我还有几十万在手,过的生活会多逍遥……

所以,卖楼广告常告诉你的,买了无敌海景楼就有悠闲、逍遥的生活,是不是真的哩? 我却认为,无敌海景好是好,更重要的,是自己有一颗欣赏世间事物的闲心,有享受闲情的时间,否则,一切景观都是徒然。

什么是闲心、闲情呢? 就是那卸下一切羁绊的心,和有自己可以控制的时间。有一个空间,心可以不被工作、人事、金钱、子女教育等世俗事务牵扯;有一段时间,可以放下这一切,全情投入享受眼前的景物,感受身边家人、爱人的深情关怀……

其实我们不一定需要有一间一千几百万的海景楼,我们只要有一个不需工作的星期天、身心都可以完全放下工作俗务的星期天,牵着爱人的手,或者拉着太太、孩子的手,或者搀扶家中长者,一齐到海边去,无论是钓鱼、游泳、或只是玩沙、看海、吃海鲜,这是全身心、全环境的投入,不再是隔着家里的玻璃,遥看空想,其实连一点海的气味也嗅不到。

钱,买得到华贵的海景楼,却买不到闲情与闲心。

正如现在,我从挤得不亦乐乎的书展会场中遁出来,买了一杯乳酪,躲在大圆柱后面,一边吃,一边看海。

眼前的观景窗,相信比所有豪宅的都要大吧! 比观景窗更难得的,是这一刻不受羁绊、牵扯的闲心。看着渡轮缓缓来去,看着海边垂钓的人、亲热的情侣,还有那微风吹动岸边小树的舞姿……一切一切,都不是钱可以买到的。

但愿时间在这一刻凝住。

止蚀人生

我向来不是善于理财的人，但这阵子，我开始考虑要好好学习理财了，因为，听得太多的朋友的可怕经历……

早上看电视上的财经节目，财经专家们常提到"止蚀"的重要性，渐渐，我明白到，止蚀这观念，不止适用于股票投资，甚至适用于其他方面的投资，甚至，人生中的各个范畴……

譬如，适用于楼宇买卖：

朋友两年前在浑浑噩噩的情况下，在元朗买了一间村屋，梦想西铁快通车、楼价会升、可以小赚一笔……

但梦想归梦想，一年后，村屋卖不出也租不出，白供了一年，地产代理叫他平点卖，他怕蚀不肯。

至今，两年了，白供楼白交管理费加上楼价又再贬值，他蚀掉了的钱，已不止一年前的两倍。他后悔——如果早点懂得止蚀、早点把房子卖掉……

又譬如，适用于工作上：

另一位朋友是网站编辑，从前网业好景，他以 content provider 自居，为好几个网站供稿，好不风光。后来泡沫不再，他的工作量、收入都比以前少，同行都转回杂志、出版工作去了，他却死守网站 content provider 的身分不放，又不肯多进修、多想些新点子，于是坐吃山崩、坐困愁城……

原来，在工作发展上，也有止蚀位的，好汉不吃眼前亏，不

让自己的职场功能、市场价值持续下降、亏蚀，是非常重要的。

再譬如，也适用于感情上：

女性朋友在男友陷于经济困境的时候，出钱、出力、出感情，陪伴他度过难关。终于，男友有幸出生天，经济状况回稳了，她自己却遇上无妄之灾，在金钱上蒙受重大损失。她还没开口叫男友帮忙，男友已开始对她若即若离。周围的人都对她忠言直谏：男友的人格已露了底，再不宜对他作感情投资了，还是快快止蚀，抽身而出吧！

思前想后，"止蚀"这观念真的适用于人生各个范畴，这其中的精要是我们要常存戒慎戒惧的情绪，不存丝毫侥幸之心，常常检视生活中的各个层面，一旦出现了任何状况、乱子，就要立即采取行动补救，甚至壮士断臂。譬如，有人买了屋子两个月，未入伙已漏水，浸至全屋地板发霉，她才发觉，因为她坚信新买的房子不会漏水……如果常到房子里去视察情况，就不会落得这田地了。

人生苦短，我们的黄金年月有限，其实我们都蚀不起。你呢？你的人生"止蚀位"又在哪儿？

重新得力

前两天情绪出了点问题的时候,幸好还懂冷静下来,理智地想想开解自己的方法,没有盲目地放肆发泄。

想了几种自我开解方法:

找个海边,向着大海大叫几声;

找个有车的朋友出来,驾车去兜兜风;

在行人稀少的街上胡乱逛逛,边胡思乱想;

去卡拉OK大叫大唱,挑些励志的歌曲来安慰自己。

然而,这几种方法都没选上。在街上逛了一会之后,我想,从前每次不开心的时候,我都会找一本书来看,我相信任何问题,都可以找到一本有帮助的书,无论那是心灵上的,或者实际上的问题。每次看完书之后,就会重新得到力量,积极再上路。

这一趟,我突然想买一本《读者文摘》,里面有感人至深的故事,也有令人开怀、莞尔的笑话,一定可以令我的心情再好起来。而且,我以为纵使书店都关了门,但"7-11"该会有得卖吧!

谁知走了几间"7-11",都买不到《读者文摘》,这么好的书,这么不容易买到,充斥满目的都只是些胡闹娱乐杂志。

失落地回家,找来一本《荒漠甘泉》,这是一本很好的基督教心灵书籍,它有三百六十多篇短文,全年每日一篇。不开心

时,我每每会翻开当日的文章来看,每一次,都受到深深的触动,得到最好的启发。

这次也不例外,看完短短两篇,已如当头棒喝,使人放下愚妄,重新得力。

第二天,又和和乐乐地迎接新的一天。

第二天的黄昏,约了一个常从事个人成长、个人充电讲座的朋友。这天,他有点憔悴,自己也需要充点电。

言谈间,知道他这两年来遇到点挫折,我放下本来要跟他谈的正事,听他细诉。

作为朋友,只能倾听,或者鼓励几句,然而,怎样令泄了气的人重新得力呢?

临别时,我送了他当时随身带着的《荒漠甘泉》,这本书对我有帮助,希望也对他有帮助吧!赠人以书,是最真诚的祝福。

分别之后,走在街上,我突然兴起读神学去传教的念头,朋友、书本……都不能令人的生命更新、重新得力;改变生命,惟有宗教的力量可以做到。

快乐的清贫

时局不好,社会上似乎多了清贫的人。

很想写一本关于快乐的清贫生活的书。

看报章的财经版、财经杂志,甚至楼宇广告杂志,文字言语间,也似乎对不善理财的人,有点看不起,认为不善理财的人,经济困难是活该。

记起司马迁在《史记·货殖列传》中说过:"无岩穴奇士之行而长贫贱,亦足羞哉。"

是说没有高尚节操或坚持的人,而长期处于贫贱,是羞耻的事。

他这样说,是有感而发的,他因为在朝廷上仗义执言而得罪,那个时代,有可以付钱免罪的法律,可惜他自家不富有,亲戚朋友也因不想惹祸而没有帮忙,令他终于受了宫刑的惩罚,因此,他对于贫穷,自然有深刻、不一样的体会了。

其实中国的传统士人,多是趋向于安分、安贫的。

如孔子,就这样评价过他的学生:"回也其庶乎,屡空;赐不受命而货殖焉,臆则屡中。"

对于弟子端木赐不守士人的本分而去做生意,却因眼光独到而赚了点钱,身为老师的他,言词间是有点不满和遗憾的。

相反,他对弟子颜回的清茶淡饭、住在陋巷之中,连枕头

也买不起，要曲起手臂做枕头，却称赞有加，说他"人也不堪其忧，回也不改其乐，贤哉回也"。

能够安分安贫，贫穷也不改其乐，是孔子所推崇的生活态度。

我们在这"时不利兮"的时间，也许这贫困只是短暂的忍受，但也要想法子好好面对、从容度过。我最欣赏的是孔子另一位弟子子路的态度，他站在衣着华丽的人身旁不会自卑，站在衣衫褴褛的人身边又不会看不起人家，这种"不亢不卑"的态度，使我们在贫困中不会怨天尤人，或发狂抢钱，也令我们到了稍有积蓄的时候，乐于对人施予。

等和盼

近日来听到的裁员之声此起彼落。

汽车公司裁员、胸围公司裁员、电讯公司裁员……裁得我们有点麻木了。怪不得,最近电视台又推出温情节目、励志故事,连报纸也罕有地以二十个少年的奋斗故事做头条。我们又是时候急需点安慰、鼓励。

朋友告诉我,他公司的职员将我某天讲员工也要下班、也有私生活,不能无止境地 OT 的文章,影印了好多份,贴满了全公司。不问可知,他们必定是不停 OT 一族,但文章只管到处贴,OT 通顶的情况还是继续。疲劳至极时,边喝黑咖啡、边打呵欠、边看这篇文章,顶多只有安慰纾缓的作用,顶多可以让他们知道:这世上有人知道他们的苦处,如此而已。

就正如还有工作,略有积蓄的人们,看着银行簿、月结单上的数字,也只是一种安慰、纾缓而已。我们其实不敢动用它来吃一顿好的,或者买点奢侈品、或者实现点小理想,因为我们今天不知道明天,这一点钱,不知道可以应付我们一旦失业后的几个月的生活。

又如我们每天看见新楼盘推出,地点、位置怎样好,是个名校区,地下的云石大堂怎样美轮美奂,头几年免息免供,以后又 P 减几多……然而,我们有许多还正是负资产,或者今个月交租也没钱,或者有钱也不敢用来买楼……

一切美好的盼望、一切享受、理想的实现，只好等待延迟
满足，等候云开见月明。也许我们最近和最容易实现的盼望，
是等候一个不刮风下雨的晴天，一个我们可以畅畅快快和心
爱的人外出享受一下阳光的假日。

逆境中的创意

朋友之中，有许多是在过紧日子的。

其中一位，因为被裁员后，再找不到他从前的工作待遇，于是重整生活，卖掉大型屋村的单位，搬到小唐楼去住。

经过简单的装修之后，一家人搬进去，住了不够一个月，连番大雨之后，他发现这幢有三十年楼龄的唐楼是漏水的。

新髹的油漆剥落了，地板也胀了起来，找管理处的人想办法，管理员说：都三十年的旧楼了，裂痕处处，惟有等一年半载之后大厦维修吧！

一家人愁对水渍。再髹一次油、换地板？实在没余钱了，而且再髹一次油，一下雨，也会再剥落一次。

思来想去，只好将这间房丢空，留作杂物房之用，放些不怕弄湿的物件，真教人无可奈何。

这个本来是儿子的房间，现在漏水，儿子只好搬到厅里去睡，但小孩子不以为苦。

一天下班，他发现儿子在这房间的墙上画画涂鸦，他心想反正是漏水的房间，就任他画吧！一两天下来，夫妻俩开始欣赏孩子的壁画，发现有无限创意。

渐渐，妻子觉得这房间阳光充足，于是开始在里面种盆栽；朋友也开始在里面养龟养鱼。

一间漏水房,竟变成了一家人的创意房。

生活,与其无奈面对,坐困愁城,不如随遇而安,在逆境中发挥创意。

奋身一博

一段日子没见面的旧同事，竟然由一个爱穿篮球波衫的毛头小子，变成一个穿沉色恤衫结领带、身形也魁梧了的上班族。

连说话时的眼神、语气也不同了。他告诉我，现在做传销，而且是管理层。

一听是传销，脑海中马上出现层压式的三角形，恐惧令我的身体蓦地弹开三呎。

他闪烁着眼神、警觉地问："你的反应令我觉得你很惊我，传销真的有那么可怕吗？"

他告诉我，现在的收入比以前翻了两番，从前月入一万不到，现在好景的一个月可收入四万，少的也有几千，而且，他快要晋身底薪也有两万多的管理层。他说他做传销的产品是可靠的，不是骗人的，公司在创业阶段，这是搵钱、博杀的好时机，还用老练演讲员的口吻说："十年前做保险也被人投以不信任的眼光啦！然而十年前做保险的，现在许多也发大达了！但许多发展了十、二十年的成功传销，现在才加入，就没什么大钱可赚了，我工作的这间公司还在发展初期，现在加入大有可为。"

看见我还是不信任、不以为然的表情，他感喟地说："唉，我们做美术设计师的，做上十年还不是只有一、两万人工，这要结婚、买楼就难若登天了；这几年来，我经历了几次公司裁员、倒闭事件，都看通了，还是现在奋身一博，若果成功，以后就可以过自由的生活，不用忧柴忧米，怕饿死老婆了。"

我沉默一阵，在想，可能许多英年有为的大有钱佬、创业家，也是这么开始的吧！于是说："你认为没错、不是骗人的，就继续吧！其实并不需要向任何人解释，包括我。"

不避风雨

前文讲的那个投身传销行业的小子，从前是做美术设计员的，而且是我一手带他入行。他还在十七、八岁的时候，画了漫画来出版社投稿，我看了，认为这将是一个出色的漫画家，于是在他还没有任何学历、连美术设计也未读过的时候，就聘请了他。日后，虽然已经分道扬镳，但我自己差不多每一本书的插画、封面也是找他画的。

现在，他却转了去做传销，他说，在传销公司的聚会中，遇上许多从前也是做美术设计师的朋友，有些还是十分有名的，现在都放弃了设计，转来做传销了。

我从前听过一位做了十多年美术设计员的朋友说："我十年前初入行时月薪是六、七千，十年之后，月薪是一万二千；十年来，人工只多了五千元，现在网络大热、我们这些平面设计师要被淘汰了。"

后来，这位朋友辛辛苦苦转去做网页设计，以为可以多撑几年，但网络泡沫一破，他又要回到传统出版社赚取更微薄的人工。

加入传销行业的小子，可能是看多了这些个案，所以毅然放弃自己所爱，投入可以赚大钱的行业吧！每个人对每件事的反应不同，我看到的裁员、倒闭更多，听到人说文人会饿死、出版社无可为也更多，但没令我放弃。

看了《富爸爸、穷爸爸》的书,我明白自己是捱死一生的穷爸爸类形,但如果那是自己喜爱的工作,我就不认为是捱,而是忘我地投入了。看完这一类书,只会提醒我注意理财多一点;略有积蓄,它日无论写作、做出版也可少一点受制于人、少看一点脸色、心态上自由一点。

昨天下班时,遇上狂风暴雨,伞子吹断了,全身湿透了。我想,这样的天气里,只有自己驾车,由公司的停车场直达住家的停车场,或者有司机接送的人才会不沾上一点风雨吧!但在风雨中,我想既然全香港有 90% 的人也会遇上风雨,我就奋身去遇它一遇吧!纵使全身湿透,头发吹乱,但,这就是人生。

渐

因为害怕气促和旧病复发，近日学习把行动和生活节奏放慢。

平素十分焦急冲动的我，开始学习欣赏"渐"的魔力。

虽然世事无常，我们能掌控的很有限，但不妨假设自己很长命，我们还有很长久的将来，于是可以作较长远的打算、投资。

虽然世事瞬息万变，资讯发展超光速，但我们不必紧随它们，却可以站定观看，谋定而后动，在片刻的宁定中，欣赏"渐"的进行。

我从财经书中学习到，每个月储下一万几千元买什么稳定的基金、股票，五年、十年后，就有一笔很可观的积蓄，可以足够清茶淡饭的退隐生活，或者，去一回南极、北极。

我从健康书籍中学到，每天运动半小时，而不是名媛分享瘦身经验时说的每天健身三小时，身体的健康状况会慢慢改善，身体上的赘肉也会渐渐减少。

我从励志书中学到，每天看半小时自己有兴趣科目的书，或者看些自学的书，一年两年之后，我就能够对那种知识有很不错的掌握。

每天花一点时间，我们都应付得来、不感到辛苦，于是，可以用享受而不是捱苦的心情面对，慢慢地欣赏"渐"的魔力。

　　当然，我们会比较渴慕像《瘦身男女》中郑秀文半年内减二百磅的奇迹，也会为戏剧性、奇迹一般的变化而心摇魄荡、神为之夺。

　　但是，那种更实际、更真实的"渐"的变化，我们却可以好整以暇，呷一口茶、吃一件饼地去欣赏，而其中，也有一种温柔淡雅、恬静自然的美态在。

人生历练

在鲗鱼涌地铁站重遇一个旧同事。

打过招呼之后，我问她："现在回家吗？"

她答："是啊！刚在香港殡仪馆出席完丧礼。"

我看看她身上穿的黑衣服，心想：这种重遇时机真差劲啊！

然后，就不知说什么了，因为不知道过世的是她的什么人，不知该说哪一种安慰话。

她看见我的表情，就解释说："刚出席完智障家长会里一位家长的丧礼。"

智障家长会？这又令我有更多疑团，这即是说她也是这个家长会的一份子，家里也有一个智障的小朋友吗？但不敢问，于是又静在那里，幸好这时列车到了，她要上车，我留给她电话，请她有空详谈。

两天之后，她果然约我喝下午茶，详谈分别后的际遇。

回想从前做同事的时候，她是个初出茅庐的女孩，整天和一群女孩哇啦哇啦的，从没有静下来的时候。其中一次，她和几个同是基督徒的同事，聚在一起畅谈某次聚会的感受。

只听见她说："真险啊！我在聚会后发现不见了钱包，幸而聚会里面全是基督徒，不然，我的钱包一定寻不回了。"

在旁边的我，听了觉得这话侮辱了所有不是教徒的人，也感到和这个心胸里只有黑白两种颜色的女孩沟通不了，也不会有成为可以详谈的朋友的可能。

如今，时间和历练令她改变，照顾智障孩子的无尽付出令她成长，令她多了一份稳重、一份包容和体谅。此番重遇，我们竟一谈谈了两小时，这是从前不能想象的。

生活的历练，令一些人学懂包容和体谅，却又令另一些人变得愤世嫉俗，宁我负人、无人负我。

边和她畅谈边呷上一口茶的时候，感到人生的历练，正是如人饮水，冷暖自知！

说贫富

　　前文说过朋友家中漏水，他们却把漏水房变成创意房的故事，这故事，还有弦外余韵的。

　　朋友经济状况不如前，大屋搬细屋，刚装修好搬进去，却遇上楼上漏水，房间的油漆剥落，地板也翻起了。他走到楼上去按铃，告诉他们因为上面漏水，令他的新装修也报废了。

　　楼上的男子开门让他进去，展示屋内花了二、三十万的所谓豪装，对他说："你看，我花了这么多钱去装修，怎会漏水？"

　　朋友坚持请他下楼到自己家里去看，相比之下，朋友的家寒伧得紧要，只是髹了一次油算是翻新了。跋扈的楼上业主只在他家里转了一圈，似乎一秒钟也不愿久留，就推三搪四地说一定是朋友的屋子日久失修、外墙渗水，一定不关他们的事。

　　临走时，还冷冷地丢下一句："你不是说你们是新装修的吗？装修了什么？这样也算是新装修吗？"

　　朋友在妻儿面前，听到这话，顿时变得无地自容。妻子却抚着儿子的头，对孩子说："孩子啊！长大后宁愿做一个一穷二白但无愧于心的人，也不要做富甲一方而埋没良心的人啊！"

都市样办人

前几天为某杂志做了个家居访问，因为我的家居实在简陋而不特别，于是努力想些特别的话题告诉记者：有生以来，这已是我转换过的第二十个住处。她听了哗然，认为果真有一写的价值。

我说完，却有点后悔。中国人安土重迁，一般人也以有安定的家居为重，我搬了十九次，也许会令人认为我心理有问题……

在我们的社会里，行为稍有不同的，就会令人侧目，目为异类；反之，循规蹈矩，使人容易归类，安安分分的，就得到最大的方便。

几十岁还不结婚？一定难相处，或者心理变态；二十几岁人还没有男、女朋友？一定是同性恋，或者心理变态；转工多，长年无稳定工作？一定是个人能力出了问题，或者心理变态。

总之，跟常人略有不同的行径，就会为自己带来不便，或被归类为心理变态。

所以，最好有齐齐整整的家庭，适龄就结婚，这样，无论申请公屋、居屋、首置也较方便；有固定工作，最好一做十年，这样，申请房贷、私贷、信用卡、报税也较方便……

总之，往人多处站，人多势众、人人像饼印，消费模式跟随报纸、杂志，行为模式尽量随俗，思考模式等同停顿，就会得到最大的方便。

　　但为了方便,为了不成为怪人,要牺牲掉太多自我,渐渐,便成了一个个都市样办人,成为大规模生产下又一个成品。

寻找本性

前几天在某报看到一则我的书的书评，撰稿人说我的某些想法很幼稚。被人说幼稚，感觉很奇怪。

他说我想法幼稚主要是针对一篇讲敬业乐业的文章，我说做打字的只要做好打字工作，做编辑的只要做好编辑工作，不一定要争取做打字主管、升级做总编辑。撰文的人说我幼稚，想是因为在这竞争激烈的社会，不是你死就是我亡，弱肉强食，想安安分分、独善其身就是幼稚的想法吧。

看完这篇书评，我脑海中浮现了一个森林画面，狮子踞在高岗上傲然吼叫，俯视在它脚下淌血的战败者。

我们的社会都颂扬竞争，膜拜弱肉强食者，到处充斥着成为狮子、老虎、斑豹等强者的训练班。但并不是每一个人都是狮子、老虎的，在竞争之中，有动物以奔跑逃避的特长保命；有以保护色、保护性的外形保命，甚至有些以放出臭气来保命……，我们并不都需要做终日厮杀的狮子、老虎的，也不必每天竖起甲刺来做穿山甲、箭猪。

在都市森林里，每人认清自己的本质、本性，才不至于进退失据、整天模仿别人、扮演胜利者。

我又想起许多童话、寓言故事，例如"黔驴技穷"里，以为像狮虎般大叫几声就能退敌的驴子；譬如"狐假虎威"里面，以为假借老虎的威力，就可四处欺压其他动物的狐狸；甚至有天鹅误以为自己是小鸭，更多小鸭误以为自己该是高鸭一等的天鹅……

　　当我们在这个都市森林中迷失、寻寻觅觅之时，我们最需要寻到的，却是自己的本质、本性，然后加以发挥，而不是盲目模仿别人，盲目地要求自己世故、成熟，要求自己做一只老虎、狮子。

苦业主

近期常听到有关"恶租客"、"苦业主"的事,原来"苦业主"的苦,除了负资产之外,还有许许多多……

几个朋友坐在合和顶楼旋转餐厅喝下午茶,以为是风花雪月、悠闲悠闲的,谁知,听到的都是诉苦。

才满三十岁的公务员朋友说:"我们两公婆将毕生积蓄拿去买间大屋,享受不到半年,就因为楼价大跌,被银行迫仓。撑了几个月,终于撑不住,唯有将住所以楼价的三分之一蚀让。"交吉那天,眼见那只用三分之一价钱还借来首贷就买了他渴望了十几年的 Dream House 的年轻夫妇,轻轻松松、欢天喜地地搬进来时,他俩欲哭无泪。他说:"因为搬去住细屋,所以豪华家具都留下来给新业主,他们还嫌款式古老呀!"

说着说着,真是闻者伤心。

另一位,更惨。

她在大埔买了层新楼,还未住进去,自己就被裁员,找到的新工作比从前的辛苦十倍,晚晚 OT,她为了省时,迫不得已搬到工作地点附近的香港仔租屋住,把大埔那间屋租出去。

白供了几个月,屋才以平价租出,租的是一对年轻男女,第一个月准时交租,第二个月开始,租没交,手提电话取消了,打电话到工作地点寻人,却说他们已离职了。

我们也戥她惨,如是者,已白供了屋子三四个月,蚀了八九万元,经济陷于困境。

"这也算了,"她叹,"听邻居说,这对男女在失踪前,还激烈争吵过。我现在最担心的不是他们没租交,而是,当我开门进那间屋时,看到一盆黑炭……"

我们一听也毛骨耸然,问她:"那你几时会开门进屋里看?"

她打着冷颤道:"明天……"

再没有恶包租婆

前文说过有位朋友把屋租了出去,租客个多月不交租,她和地产代理为怕租客做傻事,就相约齐齐开门入屋察看。后事如何呢?

她战战兢兢地开了门,门里面有一个黑影闪过,然后有一件物件向她冲过来。她吓得花容失色,代理却冷静地说:"那是一只猫罢了!"

噢,那是租客养的小黄猫,猫还没饿死,该是有人养的吧!幸而屋里没有炭焦味,里面是整齐的,但可说是家徒四壁,住客只是用她留下来的家具,自己没有添置新的,而且连煤气也没驳回,只是用个小电炉,可见经济状况不会怎么好。

地产代理让她马上把门关上,因为一日租约未解除,一日那套屋的使用权仍属租客,业主其实是没权利进内察看的,即使租客没交租。

"幸好没烧炭!"惊魂甫定的她说。

"也不是没这个可能的。这屋苑的第一期上两个月才有个中年租客烧炭自杀,是失业、失恋加上被追租、追债,就出此下策啰!"代理危言耸听。

她听得心乱,仔细想想也不便迫得租客太急,于是,写下了情词并茂的信,告诉租客自己是负资产业主,生活也不好过,请租客联络她,有什么困难可以告诉她,大家好好商量如何解决。

　　她叹口气,对我说:"这年头,再没有恶包租婆的了,世界轮流转,做业主,真要低声下气啊!还愿那租客真的打电话来好好商量就好了。"

生活见证

从前讲过旺角行人隧道里有个"豪华型"卖唱者，带着名贵音响、名种小狗陪他在隧道里卖唱——今天路过时，看见有个记者在访问他，他一本正经地接受访问，摄影师把相机放在矮三脚架上不停拍照。

那头北京狗，在这黄色暴雨警号之下，还是雪白雪白的，可知道他的主人，宁愿自己沦落，也不让小狗沦落。

本想走近去八一回卦，但放弃了。有人访问他，该是好事一桩，我每天看电视、报章上的成功人士访问，看得好腻好腻好腻了。有成功的人，也必定有不成功的人；有富人，也必定有穷人。穷人、小人物就没有访问价值了吗？看看我们的社会，造就了这些穷人、这些不名一文的人，然后我们才会懂得反思，懂得感恩、懂得数算自己的恩典、懂得惜福，懂得儆诫自己不去剥削别人，提醒我们要守望相助。

何况，我们并不都那么富，社会上还是穷人占大多数，穷人的故事、草根的故事才是我们的故事，里面有大家的血泪汗水，看了更有亲切感。

因此，我正在构思这些书：香港一百个乞丐、香港一百个露宿者、香港一百个街头艺人、香港五十种夕阳行业……

我们缺乏的正是这样的历史，在我们的回忆中，一个个亲切的场景正在消失；我们不需要富豪列传、富豪家族丑闻，我们需要一本草根阶层的生活见证、血汗实录。

思念时间表

不同的人,有不同的时间表。

喜欢跑马的人,有个赛马时间表,几时有日马、几时有夜马,跑多少场,什么时候看晨操,甚至,什么时候去收钱……

喜欢投资股票的人,会有个股市时间表,几时有市无市,纽约市几时开、欧洲市又如何。

情感丰富的人,会有个思念时间表:

端午节到了,我会想起姑母有没有粽吃?她喜欢吃哪一种?但千万不要吃多了,因为她肠胃不好。

看见刮风下雨,会思念起在外频扑的旧同事,或者想起有类风湿性关节炎、有哮喘病的朋友,会不会病发。

路过某地方,会想起从前工作过的地方在望,旧日的同事,会否已一代新人换旧人?就算回去探望,都没几个熟悉的面孔了。

感情丰富的人,会有一个密密麻麻的思念时间表、情感时间表;今时思念起这个朋友,下一刻,又关切起另一个人来。

然后,静下来的时候,我会希望享受一下,被思念的滋味。

盼望教育

有一阵子,写的东西似乎悲观了,不行,要写点快乐点的。

近日,兴起了种盆栽的兴味儿。

开始是在突破工作时,同工们送给我一个"草头",就是那种像一个大薯仔般、有眼鼻口的东西,向它淋水会长出绿草,然后可以为它修剪成平头装的玩意儿。

本来带回家之后,一直搁在厨房里,没想过要向它浇水,因为有过很失败的经验,朋友送过我一盆小仙人掌,我竟也把它种死了,最后一次见它,它竟剩下外层的一个空壳!它是被我虐待至死的仙人掌。

仙人掌之后,不敢再种任何植物。直至清理厨房时寻出那个草头,左手想把它扔掉,右手却把它拾回来,因为它里面有突破同工的感情在。于是像培养那份感情般向它浇灌,带它去晒太阳,几天之后,它头上竟长出了一株株幼幼的绿草。

浅尝成功之后,我又买来小盆栽,一星期后,它还没死,我野心更大了,买来了指天椒种籽,要由最开始做起。种籽放在泥里,向它洒水、给它阳光,还有撒种籽同时撒下我最简单的盼望。然后,每天晚上带着盼望睡去,然后,每天早上充满期望地去看它;然后,看着它抽出嫩芽、长出幼苗。

　　一个如此简单的过程,它教导我认识最简单的盼望、最简单的满足、最简单的喜悦,这种努力与期待、盼望与满足,是生命的教育、是生命力的教育、是尊重生命的教育。

理想的代价

在画展里，有人送我一本书，出书的机构，叫抒堂书堂。

好特别的名字啊！我想起了三年前的初遇。

那时我从杂志上看见他们的创业报道，六个青年人，放弃了各自的高薪厚职，共寻理想，他们画画的画画、创作的创作，制成了自成一格的心意卡，还有挂画，小 T 恤等，都带来励志、温暖人心的讯息。

给我最深印象的，有画上一只鸡肶、一个心、一架飞机的图像，喻意是叫人"比心机"；还有一个抽水马桶，旁边的文字是"Let go and Let's go"；更有几朵凋谢的花，旁边写着"谢晒"，打开卡里面，写着的却是"多谢晒"。

每一幅画每一段文字，都带来积极、开朗的阳光讯息。

三年前去找他们，是创业初期，只占商业楼宇的一个小单位，除了卖卡和精品，还要卖书和 CD 来维持生意额。

他们也由当初第一个人上去取货分销，令他们乐得手足无措，发展到现在各大书店、精品店也卖他们的卡，我想盈利已是不错吧？但他们告诉我，由于都不是生意人，都是为了理想，所以各股东现在仍只是支取从前工作的一半，甚至三分之一的薪金，有些还要兼差来维持生计。

股东们有些已结婚，有家小，却都肯为理想付出。我想到自己常以"负资产"、要供楼为借口，而不敢追逐理想，其实追寻理想必定要付出代价，只是懦弱的人永不敢迈出第一步。

冷气过冷，外面太热

前几天下着黄色、红色的暴雨，这两天，却三十几度，烈日无处不在，抬头看见白花花的太阳，就想晕。

因为我是自由工作人，有一些不是整天坐在办公室过冷空调里的中、高层管理人经历到的经验。

自由工作人，没有下属，更没有传递部、总务部帮忙，每回大小文件、稿件，都是自己去交收的。

曾经在倾盆大雨之中，走几步就要停一停，站在檐下避雨，又怕弄湿了文件，因此，整个上午，只由北角去旺角送了一次稿件，已经全身湿透冷伤风。

曾经在白花花的阳光下，由北角到铜锣湾再到油麻地，又是一个下午，汗流浃背地喝了几瓶汽水，晒出了一脸雀斑，只送了两份稿件。

好不容易回到家中，大汗叠细汗的我，回想起从前还是全职工作人的时候，坐在过冷空调的办公室中，一分一秒地计算传递部的同事怎么去了那么久还不回来；计算着他们一个上午，该可去六、七处地方拿文件啊！他们一个人一个早上已有七、八个 order，但有时我们还强要他们去多一转葵涌，或者大埔……

想着想着，我省悟到坐在办公室过冷的空调里的人，该为来往的文件每天好好的安躺在办公桌上而感恩，因为他们不用日晒雨淋、大汗叠细汗，反而只是坐在位子里埋怨冷气太冻、落大雨看不到窗外的海景……

　　我不能忘记看到一个传递员拿出一个水壶边喝水边抹汗的情景，他们不像我，累了热了可以坐进餐厅喝点什么，如果送一次文件喝一瓶汽水，已足以抵销掉他们半天的人工，所以，在过重的文件以外，还背上一个不轻的水壶……

互相祝福

旧同事寄来一张卡,难得地,是来报喜的。她说:"今天是六月十五日,也是我到了新工作地方满了三个月的日子。"

工作满了三个月,在这种时势,真是值得庆祝的事啊!

这年头,多少人在辗转找工作,许多人找了很久也找不到;许多人已失业一年半载;许多人好不容易找到工作,一个月后给裁掉,再找到一份,半个月后又被裁掉……

三个月了,还过了试用期,在这艰难的年头,真是值得庆祝的。在上班族有如惊弓之鸟的年头,三个月的稳定、一刻的喘息,已该好好庆祝的了。在自己的工作桌边坐定,三个月了,才敢拿出自己的私人物件,才敢拿出自己的水杯来换掉那个塑胶蒸馏水樽。

信里面她还对我说:"你在报章的专栏搬了家(意指搬到另一版),我忙不迭地找,找到了才抒一口气。"

不错啊!报章里的专栏,同样是几个月、几星期,甚至几天大改一次的,在原来的位置找不到,不是给飞掉了,而竟在另一版面找到,已堪庆幸,所以她大大地抒了一口气。

我们这些都市里的小人物,在商场无情的巨轮下左闪右避,庆幸地可以在一个路口、一个转角处喘一口气,互相祝贺一番,然后,又战战兢兢地重新投到轮下,开始另一场生命竞赛。

我很珍惜这互相祝福的机遇。

天桥、隧道

前阵子讲过旺角行人隧道中的平民艺术家，其实有关行人隧道，还有许多可说的。

行人隧道、天桥，跟红绿灯、斑马线一样，是让人横过马路的，但因为不在路面，没有了被车驱赶、为保命疾走的匆促，反而多了一点空间，多了一点闲暇，多了一点优游。

我的居所附近，就有一条悠闲天桥，由春秧街街市过渡到英皇道的对面，其实下面有更方便的红绿灯供人过马路，但在这上面，偏偏又架了一条天桥，所以这条天桥，平时用者稀少，常常有公公婆婆坐在梯级上闲聊，坐满了一条通道，只让出仅足一个瘦人步过的窄道，证明这是优闲的天桥，不是让人过路的。到了星期天，菲佣加入阵营，与公公婆婆对唱斗吵，更是一片假日风情。

除了优闲天桥，还有豪华形的，例如从鲗鱼涌地铁站步过太古广场那道豪华形天桥，有冷气机，兼能遮风挡雨，为不少穿了西装、套装的上班族免去许多狼狈。而且，走到一半，就嗅到天桥尽头一间小咖啡馆的浓香咖啡味，刺激你一天工作的斗心，这是一条有空调、有味道的豪华天桥。

天桥、隧道多妙趣，还有上面各式各样具地区色彩的招纸、广告，隧道内的乞丐、天桥下的露宿汉，为这些空间添上了人气，诉说着一个一个故事、传奇。

闹市其实多妙趣，只欠我们一颗闲心去欣赏、发掘。

励志书

近来，有些出版社找我合作写励志书，他们说：励志书又会受欢迎的了。

为什么呢？

1997 年我写《一朝失意》的时候，正逢金融风暴，失意的人多，所以励志书受到欢迎。现在，难道跟当时一样艰难，有许多失意人，需要心灵复苏吗？

在书店里也看见很多励志书，拿起书，我深思起来，怎样才是一本好的励志书呢？

它不能像童话，轻轻一笔带过，就说主人翁会幸福快乐地生活下去。

它不能一味宣扬好人有好报，或者说一切奇难杂症在爱里面都能够治好。

它不能只说所有乌云都有银色的边际、黑夜过后定有光明、暴风雨后必有晴天……

我认为，励志故事，是以生命影响生命，共通点是，我们都是活生生有血有肉的人，我们都会受伤、都会软弱、都会宁愿藏起来舐伤口……

励志故事中，最重要的，是挣扎过程的描写，是背后推动力的成因，是将一滴汗、一滴泪、一滴血放在显微镜下重温，是跌倒后的再起，软弱后的苦撑……

　　然后,听故事的人才知道——世上不是我最苦,最苦的事情,现在一脸笑容的人曾经历过;最卑微的日子,现在风风光光的人曾经走过。

　　然后,别人的经验,成为我们摔倒时的软垫,成为了我们伤口的镇痛剂;别人的现况,成为我们挣扎的盼望。

理性的朋友

有时候，有人问起：×××不是你的好朋友吗？

我会犹疑，那是从前的事了。然后，重新思考一下友情。

做朋友，尤其跟女性，有时是战战兢兢的。有一次，一伙友人聚会，其中一位说她最不喜欢某人，然后大伙儿开始投其所好，攻击起某人来，尽痛毁极诋的能事。纷乱中我说了一句："其实她并不是那么差啊！"

然后一阵静默，然后，我就被归为非我族类，以后的聚会我也不在被邀之列。

另一次，一位朋友打电话来歇斯底里地嚷："为什么你跟我做朋友，却又跟那种人做朋友！"

被骂得一头雾水，却发现了原来某些人认为朋友的交往，是要盲目地互相袒护，形成一个利益集团，党同伐异，密不透风，以互利为最大前提。常挂在口中的一句是："是朋友的就……"——即是要你盲目、不理性地维护朋友。

我思想中的朋友，除了互利，甚至共富贵、共患难、分担、分享的层面之外，还有理性层面的。孔子说的"可与共学，未可与适道；可与适道，未可与立；可与立，未可与权"。那是朋友尚有共同学习、一起寻找真理、一起立志、一齐权衡是非轻重的理性层面。

所以，一向害怕一开始就称兄道弟、推心至腹的朋友，太偏于感性的友谊，不得善终的机会也大。反而，能够在理性层面论人论事，不以利益论交的，更难能可贵。

装　饰

　　某天，拿着一本书边走边看，在每个人都匆忙赶路的地铁鲗鱼涌站，稍稍驻足，凝望在身边掠过的人潮，我感到自己很富有。

　　本来，由观塘线换车到北角，要经过鲗鱼涌站那条漫长的步道，沉闷、枯燥得令人窒息，但因为手上有书，怡然地看，边跟随着前面穿了西装、套装的行人有规则的步调，那一段路，变得非常丰盛、耀目缤纷。

　　只要手上有书，可以把任何一段沉闷的车程、漫长的等待，装饰得美轮美奂、目不暇给。

　　在看吴淡如浅蓝封面的《重新发现自己》时，整段旅程变得浪漫、轻柔；看余秋雨的《千年一叹》时，那段路程又变成文化之旅、心灵之旅；或者看看《穷爸爸、富爸爸》，将途程变得知性而充满思考；或者手拿一本《温暖人间》双周刊，步进荡涤心灵、慈悲喜舍的静谧之旅……

　　一本书，将任何一段途程、任何一段等待，装饰、粉饰成典雅、隽永、温柔、宁静、深思或者喜悦的光景。

　　那种粉饰，不在外面，而在里面，它装饰了你的心灵、视野，令你看见的一切，变得恁地不同，一切有了奇妙的改变。

　　如果碰巧那段路程没书，有一支笔、一张小纸片也是好的，因为，这又变成了充满创意、想象、驰骋意念、澎湃思潮的一段美好时光。

曲折童年

送了最近出版、讲自己童年故事的《弥敦道两岸》给朋友，当晚，他传真给我分享他的童年故事。

原来许多朋友和我一样，有可以共享的童年记忆。譬如是"潜筹"游戏，那是一张有许多可以揭开的小格的大纸，花几角钱，就可以揭开其中一小格，得到小格上写着的奖品，譬如玩具照相机、胶手表等等（当然，"中空宝"的机会更多）。不同年纪、住在不同地区、有不同成长经历的我们，竟都有过这种战战兢兢的"揭小格子"经验。

我在书中讲童年的贫困生活，住在天台木屋里，风吹雨打，他说他童年曾经历过一家四口住"床位"的经历。所谓床位，就是一个单位里面住了十几、甚至几十人，每个人、甚至每家人只占上下格（甚至上中下格）碌架床的其中一格，一家人所有的，只有如火柴盒大的生活空间。

我以为住天台木屋的生活环境已经很差了，但好歹也有一百呎的活动空间，想不到，有更多更糟的例子。

当时穷人多，许多家庭主妇拿些如做表带、剪线头等小手作回家做，以帮补家计，孩子放学后也会参与，这也是他和我都有的共同经历。

最后，他说：虽然家贫，但父母对子女很关注，后来妹妹死了，父母把关注全放在他身上了。

　　轻轻带过了失去妹妹的情节。我常常为自己的童年已有点坎坷，谁知整天面带笑容、常常下厨煮东西给同工品尝的他，有更曲折的童年。从此，不敢再轻易自怜自叹了！

无 妄

这天去报案了。

虽然知道在网上被盗用信用卡消费，追查到的机会很渺茫，但为了让有关方面知道盗用情况的轻易和严重性，我宁愿花点时间去做这样的事。

就趁午饭的时候去吧！走到警署要经一条长长的没瓦遮头的路，走在白花花的烈日下，我开始抱怨：真倒楣遇到这种事，真倒楣遇到这样的烈日。

走在我前面的，有一个推着木头车的女人，木头车上堆放了很多摺叠好的纸皮箱，看得出很重，她步履艰难地在烈日下推着。旁边的人问她：这一大车纸皮，能卖多少钱？

她答：十几块吧！

旁人惊呼：这么一大车，才卖十几块？

是啊！还要看收买人的心情，哪天遇上他心情坏，卖得的钱更少！她淡淡地说。

啊！我这么轻易就损失了几千元，她这么艰难才赚到十多块，得与失、多与少，又怎样去衡量呢？

想到这些，踏着的步伐变得轻快。

到了报案室，在等候落案的时候，听到旁边一位女士的遭遇。她是诊所助护，从诊所下班出来，在门口被人重击头部，她与袭击者素未谋面，无辜被袭，更可怕的是第二天回到诊所,又听到那人打来的电话,说一定会再来找她!

原来人世上的无妄之灾真多,相比于她,我遇上的又只是"小儿科"了。

等了大半小时,终于有 C—D 先生为我录口供,发生的一点点事,他竟要花大半小时列出十多点来讲明,我未抱怨,肚已经叫了起来。

他问:"还没吃饭吗?"然后看看表说:"啊,两点半了,我也未吃哩,我原本该在两点钟下班的!"

原来每个人都有忍受、都有委曲、都会遇上无妄之灾,在其中,除了消极的无奈,该是积极的学习互相体谅吧!

第二部分

葛隽的快乐清贫生活

有人为自己买不起一双好鞋子而难过、伤心。当你走到大街上，发现有人失去了双腿，想想那些比自己更贫困的人，你现在不就是生活在天堂吗？

内地以前流行一句话，叫做"高贵者最愚蠢，卑贱者最聪明"，看来还有一定的道理。做人要有智慧，千万不要以貌取人，以为人家穷或地位低，智商也会低。反而那些自以为高贵或聪明的人，其实常会犯一些愚蠢的错误，贻笑大方。

一个人自己看不起自己，自己不把自己当一回事，你又如何让人家来看得起你？生命的价值首先取决于你自己的态度。珍惜独一无二的自己，珍惜短暂的几十年光阴，不断地去充实自己，发掘自己，最后全世界的人都会认同你的价值。

故事告诉我们，具备积极心态的人能发现金钱，而具消极心态的人只能丧失财富。好运其实每人都会遇到，只不过是前者善于抓住机会，后者只会阻止幸运之神向自己降临。

所以说，做一个有积极心态、快乐的人一定好过做一个一味消极、不知快乐为何物的人。

也许，你目前身处逆境，过的是清贫的生活。如果你想改变自己，并积极思考，立刻行动，相信你一定能实现理想，过上更好一些的生活。

80 美元环游世界

几十年前,有一位叫罗伯特·克里斯托弗的美国人,自从读完一本名为《80天环游世界》的书后,想象力被深深地激发:别人能用80天环游全球,我为什么不能用80元来周游世界呢?他坚信只要有信心、有诚意,任何人的目的都能达到。

罗伯特立即找出一张纸,写下他用80美元旅行可能会面临的问题,同时也写好解决每一问题的方法,并为此积极行动起来。

若干年后,他成为一名熟练的摄影师。当他觉得时机成熟了,就为实现自己的目标展开一系列的工作:

1. 他设法领取到一份可以上船当海员的文件;

2. 去警署申领无犯罪证明;

3. 准备了YMCA的会籍;

4. 考取了一个国际驾驶执照,找来一套地图;

5. 与一家大公司签订合同,为之提供所经国家和地区的土壤样品;

6. 同一家航空公司达成协议,可免费搭机,但要拍摄相片为公司作宣传;

……

当罗伯特完成了上述的准备后,年仅26岁的他就在口袋里装好80美元,兴致勃勃地开始自己的旅行。结果,他终於实

现了自己的梦想。

罗伯特为什么能成功？全在於他有积极的心态——坚信自己一定能成功。此外，他有一个非常明确的目标，这个目标使得他充满信念，不屈不挠，无往而不胜。

我们不妨来看看他的一些经历：

1. 在加拿大的芬兰岛的一个小镇用早餐，他不付分文，条件是为厨师拍照；

2. 在爱尔兰的珊龙市，花 4.80 元买了 4 箱香烟，从巴黎到维也纳，费用是送司机一箱纸烟；

3. 从维也纳到瑞士，列车穿山越岭，只需 4 包纸烟；

4. 搭巴士到大马士革，给一位警察照相，于是警察命令一巴士司机为他效劳；

5. 给伊拉克的某运输公司经理和职员摄影，结果免费到达伊朗的德黑兰；

6. 在泰国，由于提供给酒店老板某一地区的资料，受到酒店的国宾式待遇；

……

今天，我们虽然不可能再用罗氏当年的办法来周游世界（有些是属于走私，有些是行贿），但我们仍可以学习他那种"有志者，事竟成"的积极心态，一旦定下目标，坚定不移地走下去，直至取得最后的胜利。

人 格

一个乞丐来到一个庭院向女主人乞讨。乞丐很可怜，整条右手臂都断掉了，空空的袖子晃动着，让人看了心酸，碰上谁都会慷慨解囊、施舍的。

可是，女主人毫不客气地指着门前一堆砖，对乞丐说："你帮我把砖搬到屋后去吧。"

乞丐生气地说："我只有一只手，你还忍心叫我搬砖？不愿给就不给，何必捉弄人呢！"

女主人倒不生气，只见她俯身搬起砖来。她故意用一只手来搬，然后说："你看，并不是非要两只手才能干活，我能做，你为什么不能做呢？"

乞丐愣住了。他用异样的目光看着妇人，终于也俯下身子，用自己唯一的手搬起砖来。他整整搬了两小时，才把砖搬完，累得气喘如牛，汗流浃背。

妇人递给乞丐一条毛巾，让他揩汗，然后又给他二十元钱。乞丐感激地说："谢谢你。这条毛巾也留给我作纪念吧，我不会忘记你的。"

过了几天，又有一个乞丐来到这个庭院。妇人又指着地上的砖头对他说："你把它们搬到屋前，我给你二十元。"这个双手健全的男子却鄙夷地走开了。

妇人的男孩问母亲："上次你叫人从屋前搬运到屋后，今

天又叫人从屋后搬运到屋前,你究竟想做什么?"

　　母亲说:"砖放屋前、屋后都是一样,可是肯不肯搬,对乞丐来说就不一样了。"

　　若干年后,一个很体面的、只有一只手的男人来到这个庭院。他对女主人说:"如果没有你,今天我还是一个乞丐,可现在我是一家公司的董事长!"

　　妇人淡淡地说:"这是你自己做出来的,同我无关。"

　　独臂董事长坚持要送一套住房给妇人,他邀请妇人全家一起搬迁到城里居住,过好日子。

　　妇人说:"我们不能接受你的照顾。"

　　"为什么?"

　　"因为我们一家,人人都有两只手。"

　　董事长坚持要送:"夫人,你让我知道什么叫人,什么叫人格。房子是你教育我的报酬!"

　　妇人这时笑了:"那你就把它送给一只手也没有的人吧!"

　　人格是什么呢?人格是劳动、人格是思考。有劳动能力、但想不劳而获的人是缺乏人格的,他们同猪狗没有什么两样。

只要你想

　　每个人的思想都会被某种蛛网缠绕。这种蛛网，就是消极的心态和情绪，具体表现为某种不良的习惯、偏见和信条。比如说，明明知道讲粗口是不好的习惯，却就是不想对自己做出限制；明明知道吸烟危害健康，却偏偏坚持"没什么大不了"的信条；当有一种要改变自己的冲动产生时，固有的偏见就自动涌现，好的念头顿时消失。

　　当一只昆虫被蛛网缠住时，愈挣扎愈是陷入困境，不可能解救自己。然而，我们不但可以避免自己思想上的蛛网，而且也能够清除这种蛛网。即使我们陷入蛛网时，我们仍然可以从中解脱。当然，前提就是要采取积极的心态，要运用正确的思维方式。

　　公元前 31 年，住在爱琴海滨城市的一位哲学家，想渡海到伽太基去。他是一名逻辑学家，因此养成事事要推理判断的习惯。对于这次航海，他冥思苦想出赞成和反对的各种不同理由，结果他发现不应去的理由比应去的理由大得多：

　　第一，他可能晕船；第二，船只小、风浪大；第三，海盗可能抢劫，甚至可能把他当奴隶卖掉……这些推论表明，哲学家不应该进行这次旅行。

　　可是，他还是完成了这次航海。为什么呢？因为他想去——积极的心态和情绪最终战胜了推理。

　　每当我们要做一件了不起的事时,自然而然会考虑多多,然而经过一番思前顾后,最终可能会打消念头,将原有的理想、激情统统束之高阁。殊不知,这正是在给自己的思想编织蛛网,使美好的愿望永远不能实现。

　　生活中,情绪和推理应该是平衡的,任何一样都不能永远处于控制地位。你想要完成的事,尽管在推理、判断中答案是危险恐惧的,不过,在积极的心态指导下,你也可能作出更令人放心的推断和结论。问题是你想不想做而已。在这里,积极乐观的情绪,正确的思考方式,往往起着举足轻重的作用。

　　在所见到的新春对联中,我最喜欢"心想事成"四个字。任何事都会成功——只要你想。

你和世界息息相关

　　一个星期六的早上，有一位牧师正在为自己第二天的讲道准备材料，他的妻子外出购物，而小儿子却吵闹不休，令人烦躁。牧师无可奈何，找来一本旧杂志，撕下其中一页色彩鲜艳的世界地图，再把它撕成碎片，扔在地毯上说："孩子，你若能拼拢这些碎片，我就给你 2.50 元。"牧师以为这样可以让儿子安静大半天时间，自己可以一心一意地工作。谁料不过十分钟，儿子就来敲门，他惊奇地看到儿子已拼好了那幅图案十分复杂的世界地图。

　　"儿子，你怎么拼得那样快？"牧师问。

　　"这很简单"，儿子得意地说，"在地图的另一面有一个人的相片。我把这人的相片先砌到一起，然后再翻转过来。如果这个人是正确的，那么他背后的世界也一定是正确的"。

　　牧师微笑起来，给了儿子 2.50 元，"你帮我准备了明天的讲道内容。"他说，"如果一个人是正确的，他的世界也一定是正确的。"

　　上述故事给我们一个极大的启示，我们每一个人，都和自己的世界息息相关。如同那个孩子所砌的人物、地图一样，我们和世界已成为一个不可分割的整体。可以这样说，如果一个人的思想是对的，他的世界也是不会错的。反之，假如你要改变世界，那你就必须首先改变自己。你若想过好一些的生活,你就要积极思考,立刻行动,快人一步地走发财致富的道路。一旦你思想变消极了,行为变懒散了,你的世界也一定会是残缺不全的。

　　也许,你目前身处逆境,过的是清贫的生活。如果你想改变自己,并积极思考,立刻行动,相信你一定能实现理想,过上更好一些的生活。

快快乐乐又一天

家姐的日立牌电视机出现小故障,打电话去公司请人上门修理。来者是一位后生仔,态度和蔼,工作认真,待人斯文有礼。

母亲用家乡话对家姐说:"小师傅的服务态度真好!"年轻人听不懂,笑着问母亲说些什么。家姐说:"我妈在称赞你的服务态度好!"小师傅乐呵呵地说:"我们打工的,高兴做是一天;不高兴做也是一天,为什么不快快乐乐地度过每一天呢?"

"快快乐乐地度过每一天",这句话说得真好,内涵很多的生活哲理。

一个人可能无法改变自己的命运,也可能无法选择自己的工作环境,然而一个人可以控制自己的情绪,可以做到令自己天天快乐,因为"快乐是我们永远的家"。

当你为家庭、环境或生活所迫,不得已从事一项自己不愿意的工作时,无论你开心也好、不开心也罢,都是一样要把事情完成。谁都知道,如果你选择积极的态度,怀着轻松喜悦的心情去做事,效果往往会事半功倍,周围人也都受你的感染而高兴;相反,如果你牢骚满腹,极不情愿地去做事,结果很容易事倍功半,你的情绪或许还会影响别人,引起人家的不满。

从事服务业的人士,尤其要注意自己的情绪。每当你向客人发出真诚的微笑时,相信客人也一定会有所回应。我们不是经常听到有客人向侍应生送出巨额"小费"和"遗产"的新闻么？倘若她（他）们的笑容是勉强的，或者说服务态度是伪善的，试问怎么可能会得到客人真诚的打赏呢？

快乐地对待每一天

哥德说过："把生命看得过分的严肃有什么意义呢？如果早晨时没有新的快乐，而在晚上又是没有快乐的希望，这样一天天过下去又有什么价值呢？"

家姐 93 年突然被查出患晚期结肠癌，医生动完手术，说她"最多活三年，少则三个月"。到了 95 年，屯门医院的医生又替她从肝脏中取出乒乓球大小的肿瘤。这次医生什么话也不说了，家姐反而十分坦然，她抱的心态是"活一天赚一天"。她觉得，自己的每一天都是从死神手中"赚取"回来的，因此格外的珍惜生活、热爱生活。每度过一天，她都要感谢神。第二天一早，她又精神抖擞、欢天喜地地迎接新的挑战。认识她的人，无不为她高兴，同时也都感到惊讶。几个月后，她去屯门医院复诊，医生、护士也都感到不可思议。奇迹来自何处？来自她对生活的强烈的爱。这一份爱支撑着她，快快乐乐地对待人生的每一天。

欢笑快乐对于一个人的生理，有着很大的影响。人一笑，身体内部的器官也跟着有反应。当你开心起来的时候，肺和横膈膜就如同马达一样地发动起来，影响到肝和胃以及其他的器官。当你大笑时，这些器官都开始产生剧烈的振动，心跳也加速，血液循环也增速，呼吸量也增加，全身的机能都产生一种热力。欢笑，还可以使胸部扩张，两眼明亮，身体自然会一点一点地健康起来。

　　家姐的生活并不富裕，但她的精神财富却胜过每一个人。

快乐是永远的家

最近去内地，在一份足球报上看到这样一首诗，很受启发，不妨抄录同读者一起分享：

"跟我走吧，天亮就出发，
梦已经醒来，心不会害怕。
有一个地方，那是快乐老家，
它近在心灵，却远在天涯。
我所有的一切，只为找到它，
哪怕付出忧伤代价，
让我们来真心对待吧!
等每一颗飘流的心都不再牵挂，
快乐是永远的家。"

谁都知道，快乐是一种美的体验，是一种幸福的时刻。不管是富人还是穷人，无论是总统还是乞丐，快乐对任何人而言，都是"永远的家"。有快乐的享受快乐，没有快乐的追寻快乐。快乐并不是结局，而只是一种过程，一种对生命意义的自我追问。

根据港大最近作的调查发现，本港有 45% 的人感觉快乐，有 19% 的市民觉得不快乐。为什么不快乐呢?主要还是经济负担和工作压力，特别是一群背着"负资产"物业包袱的中产阶级，你让他们如何开心得起来?

平心而论，"负资产"概念只会是暂时的，不可能是永久的。退一步想想，今天我活着，这就比什么都要好；我现在活得健康，这就更加值得庆幸和自豪！想当初，我买这层楼不就是图个开心和快乐么？如今这层楼不争气，沦为"负资产"，也算是一种"缘分"，怨天尤人也是无用。面对恶劣的环境，惟有挺起胸膛，积极乐观，全力以赴，别再牵挂令人忧伤的包袱，相信"黑暗时代"一定会快快过去。

所以，还是要趁早收回自己那颗"漂流的心"，及时赶回到"快乐"这一永远的家。

我的一天

　　早上五点半，闹钟无情地响了，我揉着惺忪的睡眼，挣扎着起床。屋村里相当宁静，偶尔传来几位做晨运的老人互相问候的声音。

　　忙完早餐，匆匆排队上巴士，这时已是 6:30。经过漫长的屯门公路，到达学校多半是 7:15，校工刚刚把大门打开。但比我早的还大有人在，踏入教员室，几位主任一早已坐在电脑前办公了。

　　离打钟尚有 40 分钟，这段时间通常用来备课或改簿。不过，大家都很少用足半小时的。每周两次的当值，一次就要 20 分钟。加上很多的家长都喜欢在这段时间求见老师，校方也经常用这一时间开会，所以一早的时间，用在备课或改簿上还是很少的。

　　八时整，钟声响了，大家的神经开始崩紧了，开始进入"一级战备状态"。

　　接下来的集合、排队、晨会、收功课、上课、转堂、小息……足足忙碌到下午一点，直到大部分学生离校，老师们才算可以喘一口气。

　　不过，往往是在最疲惫的时候，也是事情最多的时间！每天总有那么几个不做功课的人、上课淘气的人、校园内外打架的人、喜欢顺手牵羊的人，充斥在教员室等候处理。当大家想起午餐尚未入肚时,往往已是 2:00 了。

回到家,通常是 3:00,惟有小睡半个钟头,方能应付接下来的厚厚几叠待批的功课。功课如果不多,或在学校已改完,我就会出试题,出工作纸,准备教材……你可以想象一下,一个教(中、数、常、美、普)五门课程的人,又非三头六臂,不多花时间又怎能行呢?

晚饭后,终于可以轻松一下。有时去打网球,有时去做健身,惟有一个健康的身体,方能对付每一天的挑战。

临上床时,我都会重温一下当日的工作:还有哪些公事未完成,还有哪位家长没联系……一有遗漏,立即补做。也许有人会问,哪有那么多的电话要打,殊不知,我班有几个"重点人物"需要特别关注。当然,与家长联络不一定是告状,有时用电话向正在看《真情》的父母报告"孩子进步了",这场面比《真情》还要真情!

亚视 10:30 的"惊心动魄半小时"再"惊心动魄",也难以抵挡我的睡意。然而,睡梦中,浮现的景象仍然是学校、课室、教员室……

私房钱

美国著名作家霍桑未成名之前是个海关小职员。有一天，他垂头丧气地回家对太太说："我被炒鱿鱼了。"谁知出乎意料，太太听了，不但没有不满，反而兴奋地叫了起来："太好了！这样你就可以专心写书了。"

"是呀"，霍桑一脸苦笑地答话，"我光写书不做事，我们吃什么呀？"

这时太太打开抽屉，取出一叠为数不少的美元。

"这钱从哪儿来的？"霍桑张大嘴巴，吃惊地问。

"我一直相信你有写作的才华"，太太解释道，"我相信你有朝一日会写出一部名著，所以每个星期，我都把家庭费用省一点下来，现在这些钱够我们活一年了。"

有了太太在精神和经济上的支持，霍桑果真完成了美国文学史上的巨著——《红字》。

很多结了婚的女人都有存储"私房钱"的习惯。有人存"私房钱"是为了防丈夫变心；有人储"私房钱"是为了帮补娘家；也有人是漫无目标，只想手头有点"体己钱"而已。

霍桑太太的"私房钱"，看起来一点儿也不"私"——为了丈夫的事业，她一早就有预谋、有目的、有计划地储存金钱，为的是有朝一日可以全心全意地支持老公。有些人口中也经常说"支持"，但往往只得个"讲"字，因为拿不出实质性的东西。霍桑太太嘴巴不说，却悄悄地用行动来落实对丈夫的爱，你可以想象这是何等的伟大。

走楼梯

我工作的地方没有电梯。上课、转堂每天都要走楼梯。从地下爬到七楼,一天上上下下,不下十来次。有一次,和同事一起走得气喘嘘嘘,汗流浃背,我笑言:"在这儿做事不会肥胖,因为日日都在作运动。"同事点头同意,然而从他无奈的笑容里,我知道他误解了我的原意——我并非挖苦,只是说出我的真实想法。

很多时候,人们宁愿花钱去健身房消脂减肥,却往往忽略身边现成的"健身运动";人们宁可花时间去会所跑步保持健美,却不愿在爬楼梯时作一思索:我今天上下走了多少层,消耗了多少卡路里。因此,自己每次爬楼梯,都是抱着"做健身运动"的轻松心情,从未把爬楼梯视为麻烦,所以走得愈多,反而愈加起劲。

以前居住在没有电梯的唐楼,同样要爬上爬下七层之多。那时一天上下班各走一次。如要购物办事,充其量上下两次,也觉得很了不起。如今的运动量,其实超过当年好多,怪不得自觉身体状况好过从前。

曾经听说过这样一件事:有一位居住在高层的病人突然心肌梗阻,家人一面报警,一面急速送他下楼。然而这时电梯恰好坏了,于是家人背着病人,沿着楼梯一层一层地往下走,当到达地下时,病人忽然苏醒,不再难受了。这时救护车也赶

　　到,医生对他家人说,是几十层的楼梯救了病人的性命。因为当出现心肌梗阻的现象时,如果有适度的震荡,可以令心脏恢复原有的功能。

　　原来走楼梯还有意料不到的收效呢!

看到美好的未来

这是一个真实的故事：

有三个工人在砌一堵围墙。

有人走过来，好奇地问："你们在干什么？"

第一个人没好气地说："你没看见吗？砌墙。"

第二个人抬头笑了笑，说："我们在建造一幢高楼。"

第三个人一边干，一边哼唱歌曲，他的脸上流露出开心自豪的笑容："我们正在建设一座新的城市。"

十年后，第一个人在另一个建筑地盘砌墙；第二个人坐在写字楼画工程图纸；第三个人呢，成为前两个人的老板。

……

你手头正在做的、看似微不足道的工作，其实有可能正是"大事业"的开始。能否意识到这一点，也即意味着你将来能否完成一项"大事业"。

有人会说，打一份工，揾两餐嘛，同"大事业"又有何关系？问题就在这里。一个人如果有凡事都乐观的积极心态，他会积极、开心地去做每一件事，并从身边的每一件小事中看到美好的未来。于是，他有可能通过一件件的工作得到启发，其中有一些很可能成为他日后发展的"大事业"。

上文中的"第一个人"，抱着"打一份工，揾两餐"的心态，所以十年之后还是在打这一份工，可谓毫无长进；"第二个人"

的心态，比"第一个人"要稍微积极，所以他能够改变自己的工作环境，提升自己的工作能力；"第三个人"最有眼光，进取性又强，因此他比别人更能享受美好的人生。

"直八"和"真"

前些日子，某大电器零售商大张旗鼓地宣布"大减价"。笔者觊觎一款新力数码相机已久，心想这下可以买下心头所好了。谁知来到商店看到的价格，依然是原来的价格，不同的是多了一块价目牌。原来卖7600元的牌价未变，新增的价目牌竟标示："原价7800元!"笔者问店员，此机不是一向卖7600元的么？何来的"大减价"？店员小姐连忙拧头摆手："我唔知呀!"

做生意讲诚信，买卖实事求是，这才是生财之道。那种用大字报形式，什么"最后一天"、"约满结业"、"大清盘血本无归"等等的蒙骗顾客招数，想不到也会被财大气粗、数一数二的大集团采用，真是匪夷所思，令人叹息。

想起柏杨在《丑陋的中国人》一文中讲过的一个故事：孔夫子当年在陈蔡饿得奄奄一息，要子路去一家观光酒家讨碗残菜剩饭充饥。酒家老板说："我写一个字，你若认识，我便免费招待。"子路说："我是圣人门徒，不要说一个字，就是十个字也难不倒我。"老板写了一个"真"字，子路说："这是'真'，三岁小孩也知道!"谁知老板却说："明明白痴，还说大话，给我滚出去!"子路狼狈而逃。孔夫子说："难怪你会挨骂，等我前去亮相。"酒家老板照样写一"真"字。孔夫子说："这是'直八'呀!"老板大惊说："名不虚传，你的学问真大得可怕!"酒足饭饱之

后,子路悄悄问孔子:"老师,你把我搞糊涂了,明明是'真'字,怎么变成'直八'了呢?"孔丘说:"你太简单,有时太幼稚,现在是认不得'真'的时代,你一定要认'真',只有活活饿死!"

别听上述那家大集团的老板说得好听,什么"视富贵如浮云",其实你不骗人,大家就谢天谢地了。

历史告诉我们:"直八"不可能维持长久,"真"才是属于永恒。

架子和尊严

唐代文学家李翱,有一次入山拜访惟俨禅师。禅师正在树下读经,头也不抬。侍者提醒他说:"太守在此!"可是惟俨毫不理会。李翱沉不住气,丢下"百闻不如一见"一句话,打算拂袖而去。就在这时,禅师开腔了:"太守且莫生气,请问平时何以只信耳朵,不信眼睛?"

李翱见惟俨禅师开口不凡,回身作揖,答道:"弟子出言不慎,望和尚原谅!请教大师,如何是道?"

惟俨用手向上指指,又往下指指,问:"领会吗?"李翱说:"不领会。"惟俨慢条斯理地说:"云在青天水在瓶。"李翱顿有所悟,欣然向禅师深深作揖,谢道:"大师,我明白了:禅是自然的,平凡的,毫不勉强的。"

任何人都有自己的架子和尊严。高官有高官的架势,平民也有平民的自尊。即使是路边的乞丐,表面上向你低头乞讨,内心每分钟在笑你蠢如"水鱼"——他们当然也有自己的"尊严"。许多人同对手竞争时无往而不胜,然而好多人却会被自己所打败,因为他们很轻易地成为"架子和尊严"的奴隶。

每逢大减价的季节,名牌店铺总是挤满"追求品味"的"名流"。当他们在抢购、讲价之时,不知是否意识到:自己的架子和尊严早已丢失,穿着廉价或盗版的名牌,又何来的"品味"和

"自尊"？

不记得是哪一位伟人讲过这样的话："追求名牌的人是最无个性的人。"一个人没有个性，可说是等于没有灵魂。说得再坦率一些，没有灵魂，无异于行尸走肉。

禅，从来都不会去追求所谓的架子和尊严。在禅看来，它们如同天上的云，瓶中的水。云，你看得到，可抓不着；水，你摸得着，却拎不走。所以，禅师的眼中，它们都是虚空的。假设你是一片云，那你就不妨在天空中逍遥自在地飞翔；倘若你是一瓶水，请你尝试在瓶中轻松自如地摇晃。

相信自己做得到

赵州禅师有一次在厨房煮食,他突然关上大门,有意制造出滚滚浓烟,然后大叫:"救火呀!快来救火!"僧众听到救火声,又见冒出大量浓烟,急忙奔跑过来。可是见到厨房大门紧闭,冲不进去。正急得无可奈何之时,里面的赵州说话了:"假如你们说得出个所以然来,我就开门。"众人莫名其妙,不知如何是好。这时南泉禅师闻讯赶来,见此情形,便从窗外递进一把钥匙。赵州接过后开门出来,原来这是他精心设计的一幕荒唐剧,心想试试大家的悟性。

作为一个社会人,不能企求别人来救自己,重要的是自己解放自己。南泉递给他钥匙,其实是交给他一种方法,用来开启自己的心灵,因为外人始终是外人,无法帮到自己。最终的办法,还是自己解救自己。

常言道:"师父引进门,修行在个人。"研习佛经是这样,学校读书是这样,在社会中学习做人的道理,同样如此。

很多人倚赖心强,其实并非天生下来就如此,而是我们的父母长辈不善管教之故。我们很多的大人视孩子为温室的花朵,生怕他们经不起风吹雨打。于是百般呵护,造成小小年纪,一不称心如意,就要闹自杀。他们一旦踏入社会,必然无法面对压力和竞争。

禅,正是一把开启自己心灵的钥匙。什么是禅?就是自己

的平常心。相信自己，相信自己能够做得到，这比什么都重要。如果要等人家来救自己，要等人家来"开门"，问题倒有可能会接踵而来。

看 海

　　某报有一大版卖深圳楼盘的广告，大字标题："住在某某滨海花园，每天都是'看海的日子'。"用"无敌"、"全海景"来吸引买家，这似乎已经不再是新鲜的卖点。饱受"负资产"困扰打击的"上车一族"，对海景概念早已心存恐惧，更何况是内地的楼宇！

　　你可以想象一下：周末花几个钟头时间，辛辛苦苦地赶到"未来的花园"，第一时间不是忙着冲凉、同"爱人"亲热，就是要打扫清洁、躺下来休息，哪儿还有什么时间来看海呢？说老实话，看海绝对不是在家里进行的。看海，非得去海岸、海滩的现场不可。呆在家里看海，充其量只是让眼睛望一下远而已，让疲劳的眼珠得到几十秒钟的休息罢了。

　　笔者的住家也有海景可望，可是我从来没有感觉过"每天都是看海的日子"。人在家中看海，自己的脑海却从来不会去想。试过有一天，我放下手中的工作，学电影中人一样，很潇洒地拉起窗帘，推开窗户：啊，蓝天碧海，尽入眼帘……可是不到一秒钟，脑海中竟然浮现出"供楼"的杂念，你想这是何等的煞风景！

　　切莫以为本人不喜欢大海，其实我比任何人的喜爱更多三分。只不过看海绝不会在蜗居斗室。我看海，喜欢远离都市，静静地坐在沙滩上或峭壁上，默默地望着大海，欣赏浪花

拍打岩石的节奏,倾听波涛互相撞击的旋律。这时候,你的脑海要是再浮现"负资产"的念头,可就太对不起大海了!

香港处处都有海景,有时间的话,多走几步路,看看大海。和大海倾诉一下自己的心里话,不啻是一种纾缓压力的好方法。

最有效地保护自己

过年前后,打工仔最关心的是"有无人工加"的问题。本港有一家报社,最近推出一项措施:发动员工自己评议自己、自己推荐自己,然后再由公司高层人士来决定,谁可以加人工,谁只能冻薪。即使有得加,幅度也不会超过5%。而获加薪之人士比例,仅占员工人数之一成。即是说,有九成员工的"自荐"是无效的。辛辛苦苦写下的"自我评估",到头来只是废纸一张。

让打工仔互相残杀,各自践踏,这也算该公司管理层度出的一条"好桥"。作为打工仔,自然也要想些办法来对付,束手无策总不是方法。

方法一:所谓的"自我评议"、"自我推荐",员工应该在文中开门见山地宣布:本人此文一式三份,分别发送管理层、工会和本港各大传媒,如果因此而引起的一切后果,有关方面均负有一定的责任。这样,迫使公司在加薪行动中至少保持一定的透明度,不敢过分地"黑箱作业",这是最有效地保护自己。

方法二:大家在"自我推荐"的表格后面添加一栏,叫做"同意本人加薪者签署"。在递交此表之前,让部门内或部门外的同事们互相传阅签名,或者干脆由工会组织派发一份员工签名名单附上,表示此份"自我推荐"是得到绝大多数同事

的同意和支持。如果不获加薪，自然是漠视民意，于天理不容。

　　方法三：众人在"自我评议"中要力数管理层人士之不是，当然是"对事不对人"。告诉有关方面，这项措施已大大破坏公司在员工心目中的形象，使本来就欠缺的"传媒公信力"更加减少几分，使员工队伍更加分化，归属感降至零……

　　总之，千万别一本正经地"自荐"，否则真会成为"自贱"。

诚　信

　　某日一早去深圳买书,东荡西游,进入一家专卖工艺品的店铺。老板一路陪我,一路无话找话:"好久都没见到钱了!今天,先生你要买什么,我绝对给你好价钱。"说罢,一件一件地告诉我价格,还不时向我推介:"这三件一套的金箔画,以前我连亲戚都不卖的。现在没办法,100元啦!你想,光是镜框就不止这点钱啦!""这一对大瓷瓶200元,真是没办法!""这一只红木帆船100元啦!"

　　我一打听,原来这里每月支付铺租要7.8万元,而他营业额才2万,顶不顺,惟有执笠大吉。而欠下的租金,老板想用货品来替代交租,谁知业主又不肯,故只有快快清盘变卖离场。

　　我看中一个"原价2000元",主色调是蓝色的洛阳"唐三彩马",店主见我有兴趣,豪爽地说:"100元,当送了!"我也不好意思再杀价,看也不看就付款、包装。无意之中,见到付款处的桌上有业主的催租单,相信老板没有说假话。

　　做生意一定要讲"诚信",有了"诚信",自然有生意,客人自然会来帮衬。如果真是血本无归、无法经营了,更加要讲"诚信",因为很多顾客本性善良,大家将心比心,一定不会同你再斤斤计较。

　　香港有一些商场店铺,成日见到大字标语:"执笠清盘大行动!""割血大减价!""最后今天……"事实上呢?一天一天

地过去，日日"跳楼"，天天"最后"。原来一些奸商和不法店主，喜欢以此作为招徕客人的噱头。试问上当者又有几多？来来去去逛街的市民，第一天还有新鲜感，过几天后，连望一眼的动作都懒得去做了。

积极心态能发财

香港马会逢年过节搞六合彩多宝奖，开奖之后却经常发生无人认领的怪事，往往成为城中的热门话题。很有可能，买六合彩中巨奖的仁兄将每一次的投注都当成"例行公事"，事后从未认真核对查阅。或许他认定自己不是"中奖的料"，所以对每一次的开奖都视若无睹。一个人连奖券都不想核对，可见此君的心态已消极到何等地步！

几十年前在美国发生过这样一件趣事：有一个住在南方的樵夫，一直为某富豪供应木柴。樵夫知道木柴的直径不可大于 18 厘米，否则就不能塞进客人房间那特殊的壁炉。有一次，他送去的木柴全都不合规格，富豪发现后，打电话给樵夫，要他更换或重新劈开，樵夫却是一口回绝。富豪只好亲自来做劈柴的工作。劈着劈着，他注意到一根很特别的木头，中间有一个节疤，节疤明显地有被人拔出嵌入的痕迹。他掂量了一下，发觉木头很轻，仿佛是空心的，于是把它劈开，从中掉出一个小盒，里面竟装有 2250 美元！富人的第一反应是打电话给樵夫，要将这笔巨款归还原主。"能否告诉我，这批木柴来自何处？"富人问道。"那是我的商业秘密，"樵夫回答，"如果讲给你听，有人也许会抢走我的生意。"樵夫的消极心态支撑着自己强烈的排斥力量，他始终不知他错失了一次发大财的良机。

故事告诉我们,具备积极心态的人能发现金钱,而具有消极心态的人只能丧失财富。好运其实每人都会遇到,只不过是前者善于抓住机会,后者只会阻止幸运之神向自己降临。

所以说,做一个有积极心态、快乐的人一定好过做一个一味消极、不知快乐为何物的人。

还是信自己最好

有一财主,笃信风水。一日,他重金请来一位风水大师,问自己将来的墓地选何处为好。大师说,三日之后会有一人背着一口锅经过此地,此人把锅放在何处,那儿就是最好的风水宝地。到了第三天,财主带了全家人及亲朋好友齐齐站在家门口等候。远远看见有一人背了一口大铁锅走来,大家都赞叹不已。正当人们伸长脖子,望着来人将在何处放下这口锅时,只见背锅人气喘吁吁地问财主:"风水先生要我背这口锅来,请问该放哪儿?"

这个笑话对那些迷信风水的人是一个极大的讽刺。常言道:"一命二运三风水。"在科学虽然昌明,但仍不能解释很多古怪事物的今天,相信风水者也无可厚非。不过,如果沉迷其中,不能自拔,就万万要不得了。一味迷信的人,不单只会破财,有时连命也会赔上——"德福五尸命案",不正是一个明显的例子么?

无论是风水佬也好,睇相佬也好,你信他就"灵",不信则"不灵"(岂止"不灵",有时还可叫他露馅、出丑)。可惜,每当人们一遇逆境,对江湖术士的花言巧语往往会失去警觉,由不信者变为信徒,成为骗子手中的"待宰羔羊"。

为什么要把自己的命运,加上自己的财富,交在一个素不相识的人手中呢?

想一想那位背锅汉子最终都要求教于事主,可见还是自己主宰自己的命运最稳妥。

单纯、简单的禅

有朋友问我："禅是什么呢？"我笑着解释："你看禅字的结构，就可略知一二：部首为'示'，字身为'单'，示单，表示简单、单纯也！"

有人曾经问日本曹洞宗的创始人道元禅师："你去中国学到了哪些禅法？"

道元回答说："我只不过明白了'眼横鼻直'而已。"

归宗禅师的弟子智通和尚习禅良久，始终未能开悟。有一天晚上，他忽然对师父说："我开悟啦！"老师忙问："你悟出什么？说来听听。"

智通和尚说："师姑原是女人作！"

眼睛是横的鼻子是直的，尼姑本来就是女人，这些是三岁娃娃也知道的常识。道元禅师和智通和尚如今才发现，而且作为自己开悟的契机，令人难以明白。

从"眼横鼻直"到"师姑原是女人作"，你说禅是不是"太简单"、"太幼稚"了呢？

其实我们所生活的世界，一切事物本来就是如此的简单和单纯；任何事情本来就是如此的简单和自然。然而，实际生活中却有许多人搞不清楚如此简单的自然自在之理。于是到头来，有人竟然不知眼睛是横的还是直的，有人甚至连"我是谁"、"你是男还是女"也不知道了。人如果"复杂"到这种程度,你说是值得庆幸呢还是觉得不幸呢?

简单意味着自然,单纯意味着真诚;简单意味着纯洁,单纯意味着真、善、美。

我们都有类似的经验:休息的日子,抽空打扫、清理一下自己的居所,丢弃一些不用的家具和无用的器材,然后,你望着井然有序、干干净净的房间,心中充满欢欣和愉悦。

我们的心,也需要来几次这样的"打扫和清理"。之后,你会发觉自己的心胸变得宽阔了,清洁了——去除了"杂念",从而腾出了包容的空间。

懒人有懒福

西班牙人和南美人都是喜爱休闲、享乐、热情兼浪漫的民族。他们过着无忧无虑的生活，每个人的心情似乎天天在放假，日日在过节。有工作的人如此，没有工作的人也是一样。有一个修剪草地的工人，好不容易找到一份替人修剪草坪的工作，第一天要上班了，谁知竟睡不醒，上工居然迟到了一个半钟头。不过雇主倒也不计较，跟他交代好细节离去。这位仁兄，望着美丽的住宅和绿油油的草地，望着蓝天白云和煦的阳光，又涌现出来一阵阵睡意。"如此温暖的天气，这么美丽的草地，不歇一会儿似乎对不起大自然"。于是他懒洋洋地躺下来，心安理得地又一次进入梦乡。

故事的结局不难想象，这位年轻的工人被雇主炒了。不过懒人有懒福，一个偶然的机会，他竟然被北京某外国语学院聘用，成为一名在大陆专门教授西班牙语的大学教师。

由此可见，无论当一个人有了一份工，或者失去自己的工作，其实都不必太介怀。这个世界太大了，机会和机遇可谓数之不尽。一个南美的失业汉都有可能去万里之遥的中国首都做大学语言教师，作为一名自认"身无一技之长"、待业的香港人，去内地搵工也并非不是一个上佳的选择：可不可以去上海等大城市同人合作开办"广东话补习班"呢？可不可以去东南亚等国专门传授做港人家佣的知识和技巧？……

路是自己走出来的，你认为对的，不妨快快乐乐地走下去。

严　寒

　　这两年的冬天特别寒冷,然而同内地相比,香港的冬季只属"湿湿碎"。

　　我曾在东北农村生活了整整十年,对风雪严寒深有体会。平时平日,即使是不打风不下雪,若在摄氏零下二三十度的天气里出门,四周都是白茫茫的一片,根本分不清哪儿是路,哪儿是田。双脚踩在雪地上,发出"咯吱咯吱"的声音,走起来是"一步一个脚印"。天天走那样的雪路,有苦自己知,那种滋味绝不浪漫。

　　如果遇上打风下雪,情形就更糟了。你在天昏地暗的旷野中,根本分不清东南西北。这时候,如果你在野外,就一定要坚持走下去。因为当你停顿下来时,就会有冻伤冻死的可能。当地有很多老年人走路一瘸一拐的,原来都是在晚间喝醉酒,回家又辨不清方向,结果被冻伤脚趾或脚踝,造成终身残疾。

　　在严寒的天气,出门虽然都要穿棉袄、戴皮帽,但如果肚里空空,仍会有"饥寒交迫"的感觉。然而你身体热量太多又成问题:你呼吸时吐出的热气,一下子会凝结成霜。于是你的眉毛是白的,眼睫毛是白的,嘴角四周都是白花花的,十足的"圣诞老人"造型。

　　如果你在野外擦鼻涕,几秒钟后手帕就坚硬起来。不知道的人，还以为那手帕裹的是名贵的"白玉"、"翡翠"、"琥珀"或"玛瑙"呢。

　　天气虽说寒冷，但人们的心却是火一样的热。愈是天寒地冻，大家就愈是高兴——因为可以不用上班了。年轻人围着火炉聊天、打扑克、吃瓜子；老年人坐在热炕头上抽烟、喝酒、下象棋。

　　人们由衷地感谢上天赐给他们这一连二十来天的"无薪大假"。

"希望"和"成功"的滋味

我小的时候,每年夏天都要去乡下外公家玩。

外公年轻的时候,做过邮局局长,也做过教师。当我见到老人家时,我告诉他:"外公,我长大了,也要来乡下种庄稼!"

外公笑着问我:"你想种什么呢?"

"种西瓜。"

外公眨眨眼:"那么,我们快些动手种吧!"

我从外公手中接过几粒小小的西瓜种子,在一棵大树下,外公教我松土,然后把种子用土埋好,外公说:"让我们慢慢等它开花结果吧。"

那时候,我根本不懂什么叫"开花结果"。那一天,我不知去大树下多少次,也不知为它浇了多少次水,令瓜田变成一片"沼泽地"。到了晚上,西瓜苗却是连影子都没有。

吃晚饭时,我问外公:"西瓜什么时候开花结果?"外公笑着说:"你这么虔诚,明天西瓜一定会长出来的!"

第二天一早,我一起身就去大树下。啊!果然有一只绿油油的大西瓜躺在大树下。我兴奋极了,我终于种出世界上最大的西瓜了!

长大后,我才知道这个西瓜是外公从家里搬到瓜田里的。尽管这样,我不觉得那是外公在骗我,而是他老人家在一个不懂事的孩子心里,适时播下一颗希望的种子。

外公本来应该告诉我,大树下不宜种瓜,八月也不是种瓜的季节，但是他没有这么做。他是让我真实地体验所谓"希望"和"成功"的滋味。

人人都有宝藏

　　大珠慧海禅师去马祖道一禅师处寻求佛法。马祖告诉他说："我这里并无一物，哪有什么佛法可求！你自家有宝藏却不屑一顾，向外能寻求到什么呢？"慧海疑惑不解，问道："什么东西是我的宝藏呢？"马祖说："刚才问我的，就是你的宝藏。你的宝藏一切俱足，丝毫无缺，为什么还要向外寻求呢？"慧海听后，当下体会到自己的本心所在。

　　所谓宝藏，即为佛性。佛性不仅佛有，其实人皆有之。由于佛者品行出众，心性皎洁，为俗众敬仰、崇拜，因此一般人以为"佛性宝藏"专属佛者才有。殊不知，普通人也都有"佛性宝藏"，只不过自己常被自己蒙蔽、不能发现而已。禅宗认为，佛性自身常有，既无法从别人处得到，也无法分送给人家。

　　如今的香港人，对自己也是普遍的缺乏信心，忘记"自家也有宝藏"的道理，什么东西都要仰赖大陆。失业率高企，有高官提倡"大学生去内地揾工"；一些行业人手短缺，政府就急忙建议"不限量地从内地输入专才"；当经济出现转型，众人又把眼光盯住中国何时加入世贸，似乎惟有中国"入世"，本港才会出现生机。其实，港人的视野应该扩阔、放远才是。当全世界人都把目光瞄准中国之时，香港人不应争先恐后地开赴大陆，反而可考虑去东南亚或印度淘金。当内地发展到一定的阶段时，相信祖国也一定会主动向港人招手。那时港人自有不同的身价和待遇了。

何谓佛？觉悟也。当一个人为某事而醒悟，为某事而深受启发时，这时候他身上的"宝藏"也就开始发挥作用。

不过不劳而获的生活

百丈怀海禅师对禅门作出的重要贡献之一，是制定了禅门规式。他在崇山峻岭之中另立"禅居"，禅寺中只设法堂，由长老主持开法。大家聚在一起，一同讲道，一同打坐，一同开荒种田，过自给自足的生活。

有一次，弟子们见师父年事已高，不忍心让他再下田辛劳，就把他的农具藏起来。这一天百丈禅师没有干活，于是当天他就不去吃饭。弟子们见状，只好把农具还给他。百丈感慨地说："我本无德之人，怎敢有劳他人坐享其成？一日不作，一日不食。"

"一日不作，一日不食"，其实质是把一个人自身的独立自由凸显出来。人只有通过自给的终生劳动，才能确立自己，发展自己，充实自己，完善自己。一个"不作"之人，他的生命停止了有意义的创造，他的生活自然停滞不前。他的人生价值和意义，也就无法在创造中体现。我们可以这样说，一些专门依赖他人过着寄生生活的人，他们实际是在否定自己的价值，否定自己生存的意义。

"综援养懒人"，此言论虽然带有片面性，但这句话本身也确实反映出本港社会一部分的客观现实。君不见，有些青壮年男人就是倚靠综援的可观收入，去内地包二奶，过花天酒地的"皇帝生活"。也有一些"瘾君子"，专靠综援的固定收入来吸毒、赌博，沉迷于"愈堕落愈快乐"的日子。

百丈禅师把"一日不作，一日不食"的至理名言留传给今人，其目的是要我们做一个自由自在的人，以"平常心"对人对己，对待日常生活。一个人若要过不劳而获的生活，那就是自私偏执的表现，都是对佛对祖对生命的亵渎和污染。

天堂与地狱

有一个人和上帝谈论天堂与地狱的问题。上帝对这个人说:"来吧,我给你看看什么是地狱。"他们走进一个房间,屋内有一群人围着一大锅肉汤,每个人看起来都是营养不良,面露绝望的神色。不过,他们每人手中都有一只可以够到铁锅的汤匙,但汤匙的柄比他们的手臂要长,自己没法把汤送进嘴里。他们看上去是难以想象的悲伤痛苦。

"来吧,我再让你看看什么是天堂。"

上帝把这个人领到另一间房。这里的一切和刚才房间的一样:一锅汤,一群人,一样的长柄汤匙,但是大家都在欢乐地唱歌。

"我不明白",这个人说,"为什么一样的条件和待遇,这些人快乐,而另一间房的人却是那么的悲惨?"

上帝微笑着说:"很简单,在这儿他们会喂别人。"

助人就是助己,生存就是共存。社会分工愈细,对他人的依存度就愈高。不会同人合作的人,不啻是把自己送入地狱。

引以为荣

二十五年前，上海的学生从学校毕业到工厂做工，薪水都是三十六元。所以"做也三十六，不做也三十六"，成为一句举世闻名的笑谈。好在这三十六元非常见使，成千上万的人就靠它来养家糊口，到年终还能有一笔存款。中国人的节俭，有时令人难以置信。

笔者也经历过那种年代。靠着三十六元的工资，省吃俭用，硬是攒起四五百元买家具、娶媳妇。结婚钱从哪儿来？就是一分钱一分钱地省。往往为了省一分钱，上公厕也不买公家的厕纸，而选用裤袋里的旧报纸；宁可让肛门受点委屈，也要悭番。好在那时的屁眼皮也厚，对旧报纸宽宏大量，居然也无所谓。

记忆最深的，是我曾经省下一元多买糖纸袋的钱。那时的人结婚时兴送喜糖，参加婚礼的客人，每人可得两袋糖果。而这印有"喜"字的小胶袋，要卖一分半一个。有一次，我在朋友的婚宴上，见到有侍应生收到喜糖后取出糖果，然后把小胶袋收集起来，夹在书页中。对此我深受启发，于是也开始"收集大行动"。不到一年，居然攒到一百多个，足足为我节省出一元五角！

当时的上海，一碗排骨面只卖二角五分。所以你可以想象，我是多么的引以为荣。当然，今天的我依然自豪——二十年前，本人就开始"注重环保"了。

令工作变得更有趣

很多人对自己的工作毫无兴趣，但为了生计又不得不去做。

有时候，你不妨"强迫"或"假装"自己对工作感兴趣，这种态度能帮你减少紧张、疲劳和忧虑，有时还真能弄假成真，令自己对工作产生浓厚的兴趣。

有位小姐在一家工程公司工作，每月有好几天，要处理一些十分枯燥无味的事情，诸如清点成百上千的工程材料、工具零件、填写表格、整理统计资料等等。这些工作实在太无聊了，她不得不变通地把工作方式弄得有趣一些。她想出一个点子：每天同自己比赛，先计算早上填写多少个表格，下午再尽力超过那个数目，然后计算每天的工作量，第二天再想方设法去做得更好。结果呢，她的工作比别人都做得好。然而她因此得到什么呢？称赞？没有。感谢？没有。升职加薪？都没有。但是工作方式的转变，确实帮助她不致对工作产生厌烦、产生疲惫。新的工作方式对她起了一种鼓舞的作用，毕竟令一件原本枯燥无味的事情变得有趣起来，从而自身也变得更有朝气和充满活力，她从工作中领会到一种快乐。

我最清楚这个事实了，因为这位小姐就是我的太太。

不要为打翻的牛奶哭泣

著名教育心理学家卡耐基的事业刚起步时，曾经在密苏里州举办一个成年人的教育班，并且在各大城市开设分部。尽管收入不少，但由于欠缺财务管理，日常支出也大，一连数月的辛苦劳动，竟然没有什么回报。

卡耐基很苦恼，不断埋怨自己的疏忽大意。这种状态持续了很长时间，他整日闷闷不乐，神情恍惚，无法将已进行的事业继续下去。

最后，他去找中学时的老师乔治·约翰逊。老师的第一句话是："不要为打翻的牛奶哭泣。"

老师的话如同醍醐灌顶，卡耐基的苦恼即刻消失，精神也振作起来："是的，牛奶打翻了、漏光了，怎么办？是看着被打翻的牛奶哭泣呢，还是去做点别的事情？打翻的牛奶已成为事实，不可能被重新装回瓶中。我们唯一能做的，就是找出教训，然后忘掉这些不愉快。"

以上这段话，卡耐基经常说给学生听，同时也说给自己听。

人生苦短，我们经常会遇上不如意的事。无法改变的事，忘掉它；有机会补救的，不妨抓住最后的机会。后悔、埋怨、消沉，不但于事无补，反而会阻碍前进的步伐。切记：不要为打翻的牛奶哭泣。

生命的价值

在一次讨论会上，有一位著名的演说家没有说上一句开场白，手中却高举着一张二十元的美钞，面对会场观众，他大声问道："谁要这二十美元？"这时候，只看见一只只手都举了起来。演说家接着说："我将把这二十元钱送给你们中间在座的一位，不过在此之前，请让我做一件事。"他把手中的美钞狠狠揉搓成一团，然后问道："钱变成这样了，谁还要它？"仍然有人举起手来。

接着，演说家把钱扔在地上，又踩上一脚，并且用脚狠狠地碾它几下。尔后，他俯身拾起这张已变得又脏又皱的钞票，笑着问众人："现在，你们谁还要它呢？"还是有人举起了手。

"朋友们，你们刚才已经上了很有意义的一课。无论我怎样对待那张钞票，你们都想得到它，因为它并没有贬值，它依旧是二十美元。人生路上，我们会无数次被逆境打击，遭受失败、欺凌，有时几乎粉身碎骨，我们会觉得自己一文不值。但不论发生什么事，在神的眼中，我们永远不会丧失原有的价值！在上帝看来，肮脏或洁净与否，我们依然是无价之宝。生命的价值并不依赖于我们的所作所为，而是取决于我们的本身。你们是独一无二的，请永远不要忘记这一点！"

的确，生命的价值取决于我们自己。除了自己，谁也无法让我们贬值。

石头的价值

有一个生活在孤儿院中的男孩，常常悲观地问院长："像我这样没人要的孩子，活着究竟有什么意思呢？"

院长笑而不答。

有一天，院长给男孩一块石头说："明天早上，你拿这块石头去市场卖，但不是'真卖'，记住，无论人家出多少钱，绝对不能卖。"

第二天，男孩拿着石头坐在市场的一个角落，竟意外地发现好多人对石头表示兴趣，而且出价愈来愈高。回到院内，他向院长报告，院长要他明天拿去黄金市场卖。

在黄金市场，有人出高于昨天十倍的价格来买这块石头。

最后，院长叫孩子把石头拿到宝石市场展示，结果石头的身价又涨了十倍。由于男孩怎么都不卖，石头竟被大众公认为"稀世珍宝"。

男孩兴高采烈地捧着石头问院长："为什么会这样？"

院长没有笑，他望着孩子慢慢说道："生命的价值就像这块石头一样，在不同的环境下有不同的意义。一块并不起眼的石头，由于你的珍惜、惜售，而提升了它的价值，最后竟被传为'稀世珍宝'，你不就像这块石头一样么？只要自己看重自己，自我珍惜，生命就有意义，就有价值。"

一个人自己看不起自己，自己不把自己当一回事，你又如何让人家来看得起你？生命的价值首先取决于你自己的态度。珍惜独一无二的自己，珍惜短暂的几十年光阴，不断地去充实自己，发掘自己，最后全世界人都会认同你的价值。

同一类的"箴言"

梁锦松被委任为财政司司长,市民对他放弃年薪一千万、而取二百万一职的举动表示不解。梁先生对传媒作出如下解释:"一个人揾的钱不是自己的,而使用的钱才是自己的。"意思是说,他个人能花费的金钱始终有限,所以一千万也好,二百万也罢,都是同样无所谓。

"个人揾的钱不是自己的,而使用的钱才是自己的"这句话,听上来颇有哲理。于是,笔者"依样画葫芦",也来炮制一批同类的"箴言"——

投资买楼不是自己的,而搬进去住才是自己的——负资产炒家一早看透,大不了宣布破产;

"负资产"不是自己的,当宣布破产时才是自己的——负资产苦业主应该豁达开朗;

知识不是自己的,而运用时才是自己的——学生语文水准下降,说明他们用得太少,不能全都责怪教师;

老板不是自己的米饭班主,只有出粮时才是自己的雇主——打工仔最心知肚明;

朋友不是自己的,而有利用价值时才是——做生意的商人最精于此道;

老爸、老妈不是自己的,而他们供养自己时才是——有些人对自己的父母正是如此心态;

快乐的清贫生活

　　子女不是自己的，只有当他们赡养自己时才是——正所谓"因果循环",适用于安老院的老人家；

　　幸福快乐不是自己的，惟有自己感觉幸福快乐时才是属于自己——你想不想让自己变得幸福快乐一些呢？

凝视你的相片

凡去过美国一些大公司的人，都会留意到在公司办公室的墙上都挂有一些人物肖像画或照片。

有一次，一家跨国公司的总经理视察他的旧金山办事处，他注意到在一位叫陶洛斯·琼斯的私人秘书办公室，挂着一幅他本人的大照片。由于房间小，照片大，于是总经理问陶洛斯："你不觉得这张照片嫌大了一些吗？"

陶洛斯回答道："每当我脑海中出现一个问题的时候，你知道我是怎样做的吗？"说着，她把两肘放在书桌上，双手叠在一起，支撑着头，眼睛向上望着照片，口中喃喃自语："老板，你希望我怎样来解决这个难题呢？"

秘书小姐的话很幽默，然而她的想法的确别出心裁。

我们都喜欢在办公桌上或桌面玻璃下放一张二张自己心爱的相片，它们也许是你的父母、妻子、丈夫或孩子，也许是某位歌星或影星，也可能是某位圣人先知，有时是你自己。

你要知道，你的那些相片，或许可以对你的工作、生活中出现的问题提供正确的答案。

当你在工作和生活中承受巨大的压力时，你不妨模仿陶洛斯小姐，聚精会神地凝视你的相片，向相中人提出自己的问

题，并聆听、思考相中人的"回答"。记住，你一定要平心静气地、真真正正（并非装模作样）地同相中人倾谈，相信他（她）一定会给你美满的答覆。

第二部分　葛隽的快乐清贫生活

吃河豚鱼

河豚鱼味道鲜美,日本人非常喜欢,但如果处理不好,容易令人中毒。

有一日,有几个人相聚吃河豚,当煮熟之后,却没人敢吃第一口。其中有人建议:"桥头上有个乞丐,不妨先让他尝尝。"众人叫好,于是他们端了一碗河豚鱼汤,对乞丐说:"这是河豚鱼,送你一碗。"

乞丐伸手接过,口中不停地道谢,目送众人离去。

这几位仁兄耐着性子等了一会儿,派人悄悄过去一看,发现乞丐安然无恙,便放心大胆地饱尝一顿。吃完后,这几人又得意洋洋地走上桥头问乞丐:"刚才的河豚鱼汤如何? 味道还不错吧?"

谁知乞丐反问道:"你们已经吃过了?"

众人说:"当然吃了,味道一流。"乞丐说:"既然如此,那我就不客气了!"说完,端起放在一边的那碗河豚鱼汤,狼吞虎咽地吃起来。

自以为得逞的这一伙人面面相觑,一句话也说不出来。

内地以前流行一句话,叫做"高贵者最愚蠢,卑贱者最聪明",看来还有一定的道理。做人要有智慧,千万不要以貌取人,以为人家穷或地位低,智商也会低。反而那些自以为高贵或聪明的人,其实常会犯一些愚蠢的错误,贻笑大方。

有创意的思维艺术

美国有一位工程师和一位逻辑学家，相约去埃及参观金字塔。

工程师穿大街走小巷，看到一个老妇人，身边放着一只黑色玩具猫，标售 500 美元。老妇解释说，此猫是家传宝物，因家人有病等钱用，不得已才出售。工程师拿起黑色玩具猫，发现身体很重，似乎用黑铁浇铸，不过那对猫眼可是珍珠镶嵌的。他心中暗喜，说："我给你 300 美元，只要一对猫眼。"老妇一算，同意了。工程师回到酒店，高兴地对逻辑学家说："我只用 300 元，居然买到两颗大珍珠。"

逻辑学家马上跑到街上，给老妇 200 美元，二话没说就把黑铁猫买了回来。工程师笑他："你可亏本了，用 200 元买一只无眼铁猫！"逻辑学家默不作声地用小刀刮猫后脚的黑漆，只见露出一道金色的印迹，他高兴地大叫："正如所料，猫是纯金的！"

原来当年铸造金猫的主人，怕黄金暴露惹眼，故用黑漆涂遍全身。工程师十分后悔，这时轮到逻辑学家嘲笑他了："你知识虽然渊博，但缺乏思维的艺术，逻辑推理不全面。你想，猫眼是珍珠所做，身体怎么可能是由黑铁所铸呢？"

我们在分析事物时，也需要有逻辑学家那种创造性的思维联想，这样才不会吃亏，这样才会有源源不绝的收获。当

一个人遇上不如意的事时，更要多加思考和进行全面的分析。"知识渊博"有时只会误人，有创意的思维艺术才会助人发达。

自己探索，自己琢磨

每个人都在装备自己，当前最热门的要数学习电脑了。有的人利用业余时间进修 IT 知识；有的积极拜师学习砌机、修理或其他技艺；也有人喜欢自己去图书馆看书；也有人钟意关起门一个人上网来学习。

在经济环境不太好的时候，每一毫、每一仙都要节省着用。学习电脑，其实可以不必去学校，也不必专门去买书，因为学费、书钱十分昂贵，其实是属于可省则省的资金。

如果你是一个快乐的人，又有强烈的求知欲，那么你在学电脑或学习新软件的使用方法时，可以靠自己去探索、靠自己来琢磨。你千万不要被电脑的"复杂"所迷惑。一开机，你会注意到每套软件的制造商都提供有"小帮手"或"求助说明"给你参考。如果不明白，你可以从"功能表列"上按一个一个的"功能菜单"来分别试用，从而掌握它们的用途和功效。当实在不懂时，你随时可以向"说明"求助。有的软件商还免费提供教学光碟或磁片。所以，只要你肯用心去钻研，不上学、不买书一样可以学会应用。

不过，话得说回来，很多的软件我也是要靠买书（或借书）来自学，因为本人没有时间一一去试。时间，从某种意义上来说也是钱呀，但是花钱花时间去一些"电脑班"学习，似乎实在没这个必要。

自己战胜自己

经常听到一些得了金牌的运动员说，人生最大的幸福是"战胜自己"。初时不明所以，何为"战胜"？难道"自己"是自己的敌人么？

后来，我看了一些书，知道"我"并不简单。心理学家把"我"划成"本我"、"自我"和"超我"；基督教的教义有"肉体的我"和"精神的我"之分；学校品德教育方面则有"小我"同"大我"之别；佛教人士更把"我"视作"臭皮囊"。

在生活中，根据一个人的处事态度，我尝试把"我"分为"积极的我"与"消极的我"。在赤日炎炎的盛夏，同样是看待半杯茶水，"积极的我"会很开心——因为还有半杯水可以分享；"消极的我"却会很伤心——这半杯水喝完后怎么办！

"积极的我"是指一个人有积极的心态，它是获得财富、成功、幸福和健康的力量，可以帮助人攀登事业的顶峰；"消极的我"与前者是对立的，指一个人毫无进取之心，处事消极，悲观。它破坏力极强，可以剥夺你所拥有的一切，使你整个人生都处在最底层。即使你达到事业的颠峰，"消极的我"仍然可以把你拉下来！

难怪那些世界冠军们都个个宣称，最困难的是"打败自己"。其实，这也就是用"积极的我"去战胜那个"消极的我"。自己用最顽强的毅力，最坚强的意志，来克服自己的惰性、散漫、畏惧、退缩……

由于是"自己"打"自己"之故,"自己"对"自己"极易"网开一面","手下留情"。因此,"积极的我"要战胜"消极的我"难度也特别的大。说心里话,我非常佩服那些自杀者——在精神状态健全的情况下,能这样做,需要何等大的勇气! 不过,话得说回来:有如此的胆量,却又不敢去面对现实,竟要逃离这个世界……

"积极的我",你在哪里?!

何为天堂

曾经听人讲过这样一个故事：

有一个人历尽艰辛去寻找天堂，终于被他找到了。他欣喜若狂地站在天堂门口欢呼："我来到天堂了！"

这时，看守天堂大门的人诧异地问道："你在说什么？这里就是天堂吗？"欢呼者愣住了："你难道不知道这儿是天堂？"

守门人茫茫然，摇摇头问："你是从哪儿来的？"

"我从地狱来的啊。"

守门人依然不明白。

欢呼者慨然长叹："难怪你不知何为天堂，原来你没有去过地狱！"

你如果饿了，吃饱饭就是天堂；你如果累了，躺上床便是天堂；你如果失败了，取得成功就是天堂；你如果痛苦，找到幸福就是天堂——总之，若无其中一样，你是绝对不会拥有另一样的，也不会知道另一样好在什么地方。

有人为自己买不起一双好鞋子而难过、伤心。当你走到大街上，发现有人失去了双腿，想想那些比自己更贫困的人，你现在不就是生活在天堂吗？

见工秘笈

经济不景,很多人要找工作。见工时,如果我们能以幽默的语言和富创意的行动,也许能同人事部的主管沟通得更好,也许更容易达到自己的目的。

一位具备领导潜能的大学毕业生,有一次去一家报馆见工。他走进门就问人:"你们需要一位好编辑吗?"

"不需要。"

"记者呢?"

"不需要。"

"那么印刷小工呢?"

"不,我们现在什么空缺也没有。"

"那么你们一定需要这个东西。"大学生从公事包里取出一个精美的纸牌,上面写道:"额满暂不请人"。

虽然报社的确不用请人,但是最后大学生还是被老板录用了。在老板心目中,这样的人才如果不录取,将会是报社最大的损失。

有一位主考官问一位有志当警察的年轻人说:"假如你面对一伙有暴力倾向的示威群众,你会用什么方法来驱散他们?"年轻人想了一想说:"我会在人群中发动募捐。"

主考官笑得合不拢嘴,他想起有同行用催泪弹,有同事用水弹,也有人用橡胶子弹,可从来就没有人想过这一招。不

过，"发动募捐"在本港可不适用——谁不知道港人从来就是以"乐善好施"闻名天下的？

你发动募捐，大把人趋之若鹜。

贫穷和富有

一天,有位很富有的父亲带着小儿子去乡下旅行,想让孩子见识一下穷人是怎么生活的。他们在全农场最贫穷的人家里住了一天一夜,父亲问儿子:"旅行怎么样?""好极了!""这回你知道穷人是如何过日子的了?""是的!""有什么感想呢?"

儿子的回答出人意外:"我们家有一条狗,我发现他们家却有四条狗;我们家仅一个水池通向花坛中央,可他们竟有一条望不到边的小河;我们的花园只有几盏灯,可他们有满天的星星;还有,我们的院子只有前院那么一点儿面积,而他们的院子却有整个农场那么大!"

儿子说完,作父亲的哑口无言。接着,儿子又说道:"感谢父亲,让我明白了我们是多么的贫穷!"

由此看来,金钱并不是区分贫穷和富有的唯一标准。世间有一些东西,并非用金钱可以来衡量。比如说人的精神,一个穷人,他如果活得轻松、自在、潇洒,那么这个人的思想一定非常的充实,他的精神生活一定十分富有。一个富人,如果他活得辛苦、烦恼、忧郁,那么他的思想一定感觉空虚,他的精神生活一定贫乏。

派单张

当你在街上漫步时，经常会遇到一些人往你手中递上宣传单张。接获单张的人十有八九不高兴，有人看也不看就往地上扔，以此发泄不满。而派单张的人更是木无表情，一心希望早早派完，早早收工。

很多人找不到工作时，往往打的第一份工就是派单张。在你来我往的大街小巷，背着一个大书包，手捧厚厚一叠宣传单张，要一张一张地送至过路人的手中。说老实话，如果没有耐心，没有毅力，没有一份对工作的热忱，很难完成手上的任务。

要想打好这份工，派单张的人需要懂得一点心理学，至少要学会同过路人进行眼神交流。你的模样可能长得不甜美，这是没有办法的，但你可以用发自内心的笑容来"征服"对方，让对方心甘情愿地从你手中接过单张。说不定，你还能赢得接单张者的"回眸一笑"。我想，能够令人开心，这就表明你的工作已经受到人们的认同和赞赏。

谁都喜欢人家对自己笑口常开。今天，你若用和蔼可亲的眼神注视对方，用微笑来向对方打招呼，相信对方也一定会主动伸出手来接你的单张——除非那人精神出了问题，除非那人的双眼真的有病。

爱因斯坦的镜子

爱因斯坦年轻时十分贪玩。十六岁那年，父亲给他讲过一个故事，这个故事改变了爱因斯坦的一生。

"昨天"，爱因斯坦父亲说，"我和邻居杰克叔叔去清扫工厂的大烟囱。烟囱内十分狭窄，杰克在前我在后，我们抓住扶手一阶一阶地爬上去。下来时，杰克叔叔依然走在前，我走在后。后来钻出烟囱时，我们发现一件奇怪的事情：杰克的后背、脸上全都被烟灰蹭黑了，而我身上却一点烟灰也没有。"

爱因斯坦父亲微笑着继续说："我看见杰克的模样，心想我肯定和他一样，于是我到附近的小河洗了又洗。而杰克看见我干干净净的，以为他也和我一样干净，结果只是草草洗手了事，然后大模大样地上街。结果街上的人笑痛了肚子，以为他是个疯子。"

爱因斯坦听罢，忍不住哈哈大笑。父亲却郑重地说："其实，别人谁也不能做你的镜子，只有自己才是自己的镜子。拿别人作镜子，白痴或许会把自己当作天才的。"

爱因斯坦顿时满脸愧疚，从此他离开顽皮的孩子队伍，时时用自己来做镜子审视自己，检讨自己。

一个人有了正确的参照物，才会有正确的方向与行动。切莫盲目拿自己同别人相比较，别人始终是别人，自己才是自己的主人。

未雨绸缪

中国有句成语,叫做"未雨绸缪"。当经济不景,找不到工作时,就要积极去进修培训,学习新知识和新技能。生活环境好的时候,也要居安思危,应该提升自己,装备自己。

不过,很少有人会想到这一层。多数人想的是,要学习,没错,现在提倡"终身学习"嘛。至于学些什么,大多数人会拣容易的,或选择与自己工作相关的知识和技能。

我觉得,我们的视野可以放宽、放远一些。学习新知识、新技能,并非一定要进正规学校,或什么"职业培训局",什么"再就业训练班"。学习可以随时随地进行,训练可以时时、处处安排,不必刻意,不必一本正经。

星期天,一位朋友驾私家车来我处取东西。我告诉他住址,他却担心找不到,于是我只好去屋村附近某酒楼门口等候同他见面。我知道这位朋友并非想节省汽油钱,也不是想偷懒,他是怕找不到出入口,造成尴尬。我想,这位仁兄将来是不会打"的士司机"这份工的,因为如果他有心的话,他会把这一次驾驶视作"培训"自己的好机会。既然是去从未去过的地方,对于一个肯未雨绸缪、提前装备自己的人而言,实在是一次很好的学习和磨炼。

图书在版编目(CIP)数据

　　快乐的清贫生活/葛隽,周淑屏著 .—上海:上海古
籍出版社,2002.6
　　("成长之路")
　　ISBN 7－5325－3165－1

　　Ⅰ.快…　Ⅱ.①葛…②周…　Ⅲ.人生哲学－通俗
读物　Ⅳ.B821－49

　　中国版本图书馆 CIP 数据核字(2002)第 034042 号

　　本书由香港经要文化出版有限公司授权出版

成长之路

快乐的清贫生活

葛隽　周淑屏　著

上海古籍出版社出版、发行

(上海瑞金二路 272 号　邮政编码 200020)

(1)网址:w w w . guji . com . cn

(2)E-mail: gujil@ guji . com . cn

新华书店上海发行所发行经销　上海华成印刷装帧有限公司印刷

开本 850×1156　1/32　印张 4.75　插页 2　字数 77,000

2002 年 6 月第 1 版　2002 年 6 月第 1 次印刷

印数: 1—6,000

ISBN 7－5325－3165－1

G · 250　定价:12.00 元

如有质量问题,请与承印公司联系 T:62662100